무화과無花果는 없다

김해자

시인의 말

더워서 헉헉대던 게 엊그제 같은데 아침저녁으로 이슬이 내린다.
다시 태어나는 첫 시집이 스무 살인데 어머니를 상봉한 것 같다.
지금 나보다 훨씬 젊은 어머니다.
그사이 어둠 속에 묻힌 감자 눈에서 말간 감자알들이 주렁주렁
달리듯 올망졸망 숱한 혈육들이 탄생했다.

마흔 넘어 과실을 내놓은 첫 시집을 재회하며
집 나간 시간을 생각한다.
아픈 시절이었다.
나의 고통과 한계와 무력함,
간혹 상추씨 몇 알 정도의 희망을 시에 바쳤다.
세상에 꽃 없는 과실은 없다.
무화과는 꽃이 없는 게 아니라
열매 속에 꽃을 숨긴 이화과裡花果다.
속 리裡는 내부이고 안의 마음이자 가운데,
그러니까 기다림이 속의 꽃잎을 틔운다.

수많은 꽃이자 과실인 미래의 젊은 벗들께 바친다.
옛 씨앗들을 밭에 뿌려 주신 걷는사람께 감사드리며,
온 동네 사람들이 다 뜯어 먹어도 남을
우리들의 상추밭이 되길 빈다.

2022년 9월 광덕에서

김해자

차례

1부 여자, 강바닥 같은

2부 무화과는 없다

3부 마음, 어찌할 수 없는

4부 내 마음의 계단

5부 하나이며 전부인 나

1부

여자, 강바닥 같은

한밤중

삼백 날이 다가오도록 일기 한 장 쓰지 못한 나는
삼백 날이 넘도록 울면서 시 한 줄 쓰지 못한 나는
그래서 하루의 무용담을 노래하지 못하는 나는
일 년 삼백예순 날 누군가를 위해 울지 못한 나는
이 밤중에 나의 누추를 운다

고개 돌려 나의 상처에 귀 기울인 동안
겨울이 가고 어느새 나뭇잎은 무성해지고
누군가는 또 병들었다
내 앞의, 내 안의, 또 내 뒤의 고단함에 지쳐
죄만 늘려 온 나는 아니다 아니다 고개만 흔들어 온
나는
지금 한밤중이다

사람 숲에서 길을 잃다

너무 깊이 들어와 버린 걸까
갈수록 숲은 어둡고
나무와 나무 사이 너무 멀다
동그랗고 야트막한 언덕배기
천지 사방 후려치는 바람에
뼛속까지 마르는 은빛 억새로
함께 흔들려 본 지 오래
막막한 허공 아래
오는 비 다 맞으며 젖어 본 지 참 오래

깊이 들어와서가 아니다
내 아직 어두운 숲길에서 헤매는 것은
헤매다 길을 잃기도 하는 것은
아직 더 깊이 들어가지 못한 탓이다
깊은 골짝 지나 산등성이 높은 그곳에
키 낮은 꽃들 기대고 포개지며 엎드려 있으리
더 깊이 들어가야 하리
깊은 골짝 지나 솟구치는 산등성이

그 부드러운 잔등을 만날 때까지
높은 데 있어 낮은, 능선의
그 환하디환한 잔꽃들 만날 때까지

모래알에게

더 이상 갈 곳이 없다
땅이 끊기고 바다가 열리는 곳
밀리고 밀려 어느덧 경계로 누웠다

있기나 했던가
한 덩어리 큰 바위 시절

쉴 새 없이 몸 뒤척이는 파도에
육신은 가루가 되어 가도
몸이 있는 한 뒤척이는 너처럼
나 또한 밀리고 있는 중
작아지고 또 작아지는 네 앞에서
나도 점점 사라지고 싶어지는 중

부드러워질 수 있다면 작아져
우리 다시 하나 될 수 있다면

현공사

머나먼 대동大同
구불구불 끝나지 않는
황톳길 끝 벼랑
공중에 매달린 현공사懸空寺*
몸 반쪽 깎아지른 벼랑에 기대고
반쪽은 허공에 매달려 있다
사철 푸른빛 잃지 않는 비취봉 석벽
산산히 부서져내리는 폭포 마주 보며

마음의 대들보 하나
천길 벼랑에 꽂아
욕심 없는 허공을 산다

*중국 산서성 항산 절벽에 걸려 있는 천 년 고찰.

여자, 강바닥 같은

1

무거운 옷 벗으려 새벽 강에 나갔더니
이미 물옷을 벗어던진 강이 알몸으로 누워
끊이지 않는 물로 오래 젖어 온 맨몸뚱이
희뿌연 별빛에 말리고 있었다
물이 없이도 나일 수 있을까, 궁시렁거리며
한번 가면 그만인 물 쯤이야 다 흘려 버려, 호기도 부
리면서

2

바람 한 줄금에도 깔깔대는 그녀의
치맛단을 헤치고 더듬어 더듬어
밑 모를 물이랑 때로 허우적거리다
허방을 짚기도 하던 날 지나
그녀가 숨 쉬던 칠흑빛 땅을 디뎌 보았나요

흐를 수 있는 건 저 흘러갈 데로 다 흐르게 한 뒤
더 이상 갈 수 없는 아주 작은 것끼리

부드럽게 반죽한 밑바닥에서
당신의 젖은 영혼도 한 올씩 펼쳐
그녀의 젖은 몸 덮어 주며
바닥이 없이도 나일 수 있을까, 중얼대기도 하며
다시 밀려올 물도 잊고 누웠던 어느 한나절 있었나요

흐르게 한다는 것, 얼마나 무거웠으면
그리 단단하게 버텨야 했을까
여자, 강바닥 같은

시간의 꽃

고수동굴
거꾸로 매달린 종유석 속에서
물러 터진 석회바위를 보았습니다
방울방울 제 몸 녹여 키워낸 주렁주렁한
자식들 튼실해질수록 야위어 가는,
종유석 밑에 피어난 석순을 보았습니다
종유석이 떨군 젖을 먹고
지장보살로 십일면보살로 환생한 돌꽃
수만 년 녹아내려 야윈 석회석 받치고 선
거대한 돌기둥을 보았습니다

얼마나 천천히 흘러 종유석이 되었을까
얼마나 오랜 시간 녹아내려 돌꽃을 피웠을까
물방울 떨어지는 소리 들으며
이 순간에도 흘러내릴, 보이지 않는, 거대한
석회석의 살을 떠올리다 나도 그만
흘러내리고 싶어졌습니다 기꺼이
녹아내리고 싶어졌습니다

밤비

마음은 금세 깨어지는 유리 조각
쉬이 떨어지는 저 가벼운 잎새 같은데
꺼질 줄 모르는 잉걸불 위에 비는 나리고

하늘엔 어둠에 찔려 목 없는 나무
땅에는 검은 하늘 이고 가는
발걸음 소리 무거운데
자꾸 돌아봐도 그림자가 없다
내가 없다

새까맣게 멍든 구름
제 몸뚱이 잘라내며 울부짖는데
내 아픔은 소리가 없다
바람은 머리칼 헤치고 우우 달려드는데
내 아픔엔 이유가 없다

하늘과 땅 사이
이미 걸어와 되돌아갈 수 없는 길과

차마 갈 수 없는 길 사이에
내가 서 있다

수많은 나

울다 문득 나를 들여다보니
나를 울린 사람이 내 속에 들어 있어
미워하다 팬스레 미안해져 되돌아보니
내가 미워하던 바로 그것이 내 안에 있어
내 가슴에 가득 가득 사람이 들어 있어
도리질 치다 무릎 꿇고 눈을 감으니
운강석굴 석불이 무심히 서 있어
천 년 모래바람 속 눈도 꿈쩍 않고

어쩌면 알 것도 같아
가슴팍에도 머리에도 우글우글
새끼부처를 새긴 석공의 마음을
작은 부처로 거대한 석불을 빚은 장인의 마음을
새끼부처를 떼어내면 이미 부처가 아닌 것을
내 속의 나를 잘라 버리면 내가 아닌 것을
사람이어서 사람을 미워하고
사람 때문에 울기도 하는 것을
아직 사람이어서

눈이니까 더러워진다

다음 생에는 눈이나 되어 내리리
소란스런 도시의 어둠을 덮으며
세상의 모든 경계를 지우는 눈송이나 되리
쌓여 더러워지리 처참하게
발길에 짓밟혀도 더러워지지 못하는 아스팔트 숱한
낙서에도 무너지지 못한 시멘트벽 같은 생애여

이승의 내 유전자는 더러워지지 못한 죄
더럽혀져 버려지지 못한 죄
부서져 순백으로 내리는 눈 앞에
나도 순결했다고 생각한 죄
철없이 좋아라 밟고 다닌 죄
짓밟혀 형체도 없이 녹아내린 눈에게
나도 모든 걸 다 바쳤다고 말하고 싶은 죄
하늘에 닿아 눈이 되리

온갖 때 다 묻히고 돌처럼 굳어
구석에나 처박히리 처박혀 꿈꾸리

다음 생에 나무가 되어 눈꽃을 피우는 꿈
눈송이 보듬어 순백의 눈송이
순백으로 스러지게 하리

배고픈 코알라를 위한 변명

어쩌다 전화를 해도 나요, 이름 없는 목소리 뚜우
뚜…… 몇 번 끊겼다가 다시 걸려 오는 잠적의 주인공 거
기서 봅시다 그날 그 시간에…… 접선하듯 만나 힘드냐
는 말도 힘들다는 말도 못 하고 사 인분째 시키는 숯불
갈비 연기에 매운 눈물만 훔치다 애도 자꾸 크고 나도
이제…… 눈으로만 건네 보는 자수 권유에도 영락없이
범죄자를 만드는 것 같아 옷가지만 건네주고 돌아오는
전동차 속 주사기가 꽂힌 양 뒤통수가 가려운 불순한 자
의 아내가 내딛는 거리엔 캐럴송이 흐르고 순금의 불꽃
나무는 질 줄을 모르고 불꽃 나무 사이……

당신이 올라가고 있어
평생 단 한 그루 나무를 집으로 삼아
배고플 때마다 한 걸음 디뎌 잎 따 먹으며
더 높이 올라간다는 코알라 곰이 되어
유카리나무 위로 자꾸만 올라가고 있어
배고픈 당신이 자꾸 내게서 멀어지고 있어
내려와 제발 이제 내려와

숲에는 이파리 가득한 유카리나무 천지야
발 구르다 소리치다 차마 나무는 흔들지 못하고
떨어진 이파리 긁어모은다
거름 되어 한 치라도 더 자라라고
죽은 이파리 모여 산 잎 돋으라고

송림동 카바레의 추억

어스름 송림동 로터리
칠이 군데군데 벗겨진 이층 건물
카바레가 있던 자리 단란주점 네온이 반짝인다

춤을 추었던가 철 지난 겨울잠바를 걸친 채
온종일 신발 헛바닥을 박아대던 실밥을 달고
엉거주춤 스텝을 밟았던가 스물일곱 살의 여자는
카바레 무용담을 늘어놓던 노란 블라우스의 육담보다
신발 밑창을 붙여대던 본드 냄새가 더 진득했던가
미친 듯 춤을 추면 바람 든 남편 따윈 잊을 수 있다던
땀에 젖은 그이 얼굴이 본드처럼 번들거렸던가
송림동 언덕배기 살던 과부 정씨와 소주를 들이켜며
게바라도 카바레에서 춤을 췄을까 생각하기도 했던가
술에 취해 막막하게 밀려드는 어둠 사이로
불빛 깜박깜박 돌아가고

낡은 필름 속 80년대식 카바레에서
이제는 그때 정씨만큼 세월을 살아 버린

여자가 낯설게 서 있다
그래 외로웠던 게지
발바닥이 부르트도록 춤출 만큼
고개를 끄덕이며

빈 항아리

수없이 말하고도 아무것도 말하지 못한 날
나는 빈 항아리 하나 품고 싶네

텅 빈 독에 얼굴 들이밀고 소리 치면
저 땅속 끝까지 날아가 아아아,
소리 한 마디 버리지 않고 모두 담아
나를 채우던 어릴 적 그 항아리를, 텅 비어
둥글둥글한 항아리 같은 친구와 밤새도록 걸으며
영원히 오지 않을 듯싶은, 짝사랑 같은 우리
먼 혁명과 사랑의 밤길 노래하며 미쳐 싸돌아다니고
싶네

간장을 담으면 간장독이 되고
된장을 담으면 된장독이 되고
너와 나 그렇게 텅 비어
세상 그득 채울 수 있다면,
꿈꾸듯 살다 깨지고 싶네
비명도 변명도 없이

수없이 나누고도 아무것도 나누지 못한 세월
친구여, 나는 너의 빈 항아리가 되고 싶네

낙타는 발밑을 보지 않았다

밟히지 않은 길은 없었다
수많은 발길에 채어
길은 앞으로 나아갔으니
바람에 흩날리는 장막처럼 유사流砂,
길은 늘 흔들리고 키 낮은 바람에도
소리 없이 무너져내렸다 나아갈수록
길은 모래알처럼 허물어지고 가도 가도
모랫길은 끝나지 않았다

길 없는 사막 오늘도 걸었다
시간 흘러가도 오늘은 늘 무거워
코뚜레 사이로 깊은 숨 내쉬다
때로 흰 거품 내뿜어도
무릎 꿇어 또 기도하리
고꾸라져 아득한 길 응시하는
너의 먼 눈빛이여

거북에 대한 명상

트라이아스기 화석 속의 너는
지금도 변함이 없다 2억 년 먹혀만 왔어도
날카로운 이빨도 발톱도 만들지 않았다
제발 함부로 삼키지는 말라고
등에 철갑을 둘렀을 뿐
속도가 힘의 기준인 현생대를 살면서도
아직도 재빨리 움직일 줄 모른다
다만 쉬지 않고 움직일 뿐

안에서 꽉 차오르는 몸피 따라
한 겹 한 겹 육모의 허물 벗어내며
보이지 않게 자라는 너는
긴 겨울 명상에 잠긴다
밖을 향해 단 한 번 도끼눈 떠 보지 않은
감은 듯 뜬 듯 반개한 눈
안팎으로 열려 있다
잠든 듯 깨인 듯

기다림

기어이 너는 오는가
긴 날 타는 빛에 그을린
내 심장에 후드득 약속도 없이
내 몸은 아스팔트 멀미가 나
나 좀 젖게 해 줘 너는 왜 내 위로 흘러만 가는 거야
이렇게 스쳐만 가며 살 순 없잖아
그러나,

내 마시지 못한 너의 눈물이
단 한 번 젖어 보지 못한 너의 체액이
내 등줄기 타고 흐르다 흙 속으로 스며들기는 할까
이렇듯 목마른 세월 살다 보면 언젠가
내 견딘 갈증만큼 누군가 달게 축일
그거 하나로도 고마운 그런, 날이,

그때쯤이면 용광로도 태양빛도 고마울 거야
달구고 태워 산산조각이 난 먼지로 풀풀
날리는 바람으로라도 네 곁으로 갈 수 있으니까

먹장구름 노닐다 함께 곤두박질치는 거야
뚝뚝 떨구어도 듣는 이 없는 적막강산이면 어떻구
아기조개 입 벌리고 나동그라진 뻘밭이면 또 어때
하지만,

내 몸은 아직 아스팔트
너는 얼어붙은 몸뚱이 뚝뚝 떨구어내는데
어둔 포도에 누워 속절없이 어지러운 날 견뎌야 하는,
긴 세월 목마른 후에야 여린 풀잎 하나라도 적실 수
있다?
아래로만 아래로만 내리꽂히는 너는
오늘은 그저 흘러가고 마.

2부

무화과는 없다

심지에 쓴 시

지금도 깃을 세운 잠바를 보면
시가 보인다 빳빳하게 서라고 심지를 넣은
칼라 속에 든 시가 거리를 거닐고 있다
미싱판에 엎드려 심지에 쓴 시
작업하다 말고 초크로 쪽가위로 새긴 시
방통고등학교 다니던 현옥이 따라 끄적거리던,
뒤에서 쪽가위 두드리는 소리에 놀라
칼라와 함께 기워 버린 유산된
시를 찾아 뒤를 잇는다
명사와 형용사만 앙상한 시에
조사를 붙이고 어미도 붙이고
사는 날 내내 이루어야 할
동사 한 마디 이으려고 길을 걷는다
끝내 아무에게도 보이지 않은 숨은 시를 찾아
아무리 써 봐도 뻔한 레퍼토리지만
평생 살아 봐도 그리운 낱말 몇 개
순산하고 싶어 심지 속의
시를 더듬는다

개나리

잎 돋을 틈도 없었다
아직도 겨울인가 빼꼼히 얼굴 내밀던
선발대 몇 놈은 돌아오지 않고
전위 소조 몇몇은 언 채로 매달려
아직 봄이 멀었음을 알렸다

그러기를 몇 번
일렬 종대로 줄 맞추어
터트린 진노랑 꽃봉오리

몇 소대는 하늘로 진군하고
몇 소대는 땅으로 포복하며
지천으로 깔려 봄을 증거한다
온몸으로 피워 올린
노오란 바리케이드

무화과無花果는 없다

장대비 속 후줄근한 시위는 끝나고
누군가는 돌아오지 않고 피어나지 못한 채
시들어 가는 부용산, 노래 같은 떨거지끼리
미라가 되어 버린 생강이며 무화과
안주 삼아 술을 마시다 문득
떠오른 남녘 땅 무화과 수

어릴 적 마당가 돌담에 단단히 서 있었지
크낙한 잎을 따면 하얀 수액 방울방울 흐르고
퍼렇다 못해 어두운 그늘 깊던,
산수유며 해당화 다 피고 지도록
벌나비도 찾지 않아 늘 외로워 보이던,

꽃 없는 과실이 어디 있으리
조금 늦게 피는지 몰라 수술 그득 채우느라
꽃잎이며 꽃받침 밀어 올릴 틈이 없는지
조금 더 기다려야 하는지도 몰라
꽉 찬 살이 터지며 꽃잎을 터트릴 때까지

과육의 껍질이 꽃을 숨기고 있었던 거라구
보아, 십자로 벌어진 네 잎의 꽃을
열린 꽃잎 사이로 반짝이는 수백의 꽃술을
그러니까 기다림이 꽃잎을 틔우는 거야
천천히 보아, 진한 자홍색의 향기를
이화과裡花果의 속살을

승리는 애초에 꿈꾸지 않았으니

이게 몇 년 만이냐
중뿔나게 건강한 노동자로 살지도 못하고
알량하게 지식인도 되지 못한 너나 나나
이제는 어디 한 군데 명함 내밀 데 없는
중년의 아줌마가 되어 있겠지
멀리 울산에서 걸려 온 전홧줄 사이로
몇 마디 못 하고 숨만 고르는구나

보나 마나 눈가를 훔치고 있을 거야 그지
아직도 사식이며 내복 차입해야 할 남편 얘기일랑
혼자 아이 키우며 월세방 전전하던 세월일랑
지나치듯 수다로 떨어 버리자 다만
여대생이 미싱을 밟고 선반공이 자본론을 암송하던
우리의 청춘 흘러간 유행가로 부르지는 말자
어둠이었으되 절망이었다 말하지는 말자

애초에 우리 승리는 꿈꾸지 않았으니
오늘 또 걸어가 보자 비틀거리며

터널 속 그리운 눈빛 하나 만나러
버리지도 쓰지도 못할 386 컴퓨터처럼
웬수 같은 386 세대식 사랑을 위하여
메가도 높이고 모뎀도 깔자
헤이 업그레이드!

넝쿨장미

의료보험증 들고 너를 기다리다
상처 동여맨 종주먹 같은 붉은 넝쿨장미 본다
동글동글 뭉쳐 놓은 주먹밥 같은 하얀 넝쿨장미 본
다
미싱사 십오 년에 의료보험도 안 되는
마찌꼬바 지하 공장 드륵드륵 미싱 소리 듣다
누런 가시 바짝 세우고 철조망 기어오르는 너를 본다
회충약 털어 넣은 것처럼 자꾸 어지러워,
갑작스레 쏟아지는 햇빛에 찡그리며
웃는 너를 본다

이 땅에 여자로 산다는 것
저리 하얀 눈물 방울방울 꽃 피우는 것이야
이 땅에 가난한 여자로 산다는 것
저리 붉은 상처 종주먹으로 꽃 틔우는 것이야
제 한 몸 못 가누어 담벼락에 기대는 거 아냐
땅을 버리고 싶지 않아서야
봐, 올라서잖아 아무도 모르게

담벼락 넘어 하얀 송이 피워 올리잖아
봐, 저렇게 넘어서잖아 한눈 파는 사이
철조망 넘어 붉은 송이 밀어 올리잖아

미싱사의 노래

나는 평화시장의 일급 미싱사
손이 안 보이도록 옷을 만들지
서울 시내 와이셔츠 십분의 일은
이 손으로 만들었지 나는 미싱사
이 바닥에서 구른 지 벌써 칠 년째

나는 미싱사 옷을 만들지
이 옷을 누가 입을까 나는 관심이 없어
죽어라 뺑이치며 미싱만 밟을 뿐
이 옷이 얼마에 팔릴까 나는 몰라
하루빨리 이곳에서 벗어나고 싶어

빡빡한 미싱에 기름칠하고 벨트도 조이고
장딴지에 힘주어 쉴 새 없이 발판을 밟아대지
졸린 눈 부릅뜨고 한 땀 한 땀 신경을 곤두세워
에리와 소매와 몸통을 이어 옷을 밀어내지

밀려드는 잠 쫓으려 타이밍을 먹고

입술을 깨물고 허벅지를 꼬집어 옷을 만들지

미싱을 타는 지금은 철야 이틀째

미싱을 타는 지금은 철야 이틀째

남아 있는 자

열다섯 살부터 미싱을 밟아
미싱에 앉았다 하면 손에 날개가 달리던 여자는
샘플만 보면 한나절도 안 되어 완성품을 내놓던 여자는
쌍둥이 동생과 십오 년 동안 모은 돈
상가 분양에 속아 다 털린 여자는
그 돈 받으려 사기 친 남자의 동생에게 시집간 여자는
미싱판에 배가 닿도록 미싱을 밟다
그 길로 아이를 낳은 여자는
십 년 만에 찾아간 신현동 반지하 계단
아직 시집 안 간 쌍둥이 동생과
딸딸이 소리로 반기는 여자는
아기 손바닥만 한 비조*를 줄줄이 매달고
미싱판에서 일어나는 여자는
쪽가위 들고 종이 오리듯 똑똑 실밥을 끊는 아이의
엄마가 된 여자는 솜뭉치 속에 자고 있는
또 한 아이의 엄마가 된 여자는
평생 딸딸이만 밟으라는 욕만 들으면
머리끄덩이를 놓지 않던 그 여자는

아직도 그 자리에

* 어깨나 허벅지 부분에 다는 옷의 부속 중 하나.

배부른 여자

부른 배 미싱판에 대고 헉헉대는 여자
배는 만삭 월급은 초생달인데
안 먹어도 불룩한 배는 늘 고픈 여자
짐들이 때 쌓인 슈퍼타이 슈퍼에 들고 가
우유와 콩나물로 바꿔 먹는 여자
위층 상가 갈빗집에서 솔솔 풍겨 나오는
숯불갈비 냄새 킁킁거리다 깜박 잠에 빠진 여자
블라우스 원단에 수놓은 꽃밭
손으로 밀고 발로 밟으며 가는 여자
밟아도 밟아도 늘 제자리
배로 미싱을 밀고 가는 여자

노래를 잊은 새
—민중가수 황승미에게

헐벗은 가지 위
혼자 노래도 없이 죽지 떨며
하늘만 바라보는 새야

어디 갔다 왔니 작은 새야
가도 가도 시린 허공뿐이더냐
새야 날개 젖은 새야

세상은 너의 것
네 앉은 자리만큼
하늘은 너의 것 네 나래 파닥인 만큼

이제 조금 쉬려무나
작은 나뭇가지 위에서
너의 노래 부르렴 새야
작은 새야

삼투막

1

한강 다리 하나
사이에 두고 중앙병원
암병동에 들어설 때마다 나는
신음 없는 엽록소 그 푸른 잎이고 싶다

우리는 어찌하여*
물만 먹고도 푸른 풀은 못 되고
햇빛만 먹고도 붉은 사과는 못 되고
바람만 먹고도 영원히 사는 파도는 못 되고
똥만 먹고도 빛을 내는 개똥벌레 반디는 못 되고
이슬만 먹고도 노래만 잘하는 매미는 못 되고
우리는 어찌하여 그렇게는 못 되고
살아서 아픈 사람이 되었는가

2

　내 앞에서 죽어 가는 너를 두고도 네 아픔을 덜어 줄
수 없는 남남의 육신이라서 하릴없이 네 곁을 돌고 있을

따름이지만 떨어지는 은행잎 싸고 회오리치는 희미한
바람의 막을 만지다 이를테면 공기 같은 영혼이 육신을
에워싸고 있지 않나 생각하는 것인데 경계도 없이 애초
에 누구 것인지 알 수 없이 더 아픈 쪽으로 빨려 가지 않
는가 싶은데 영혼에 원형질막이라도 있어 끝없이 삼투
를 하고 있지 않나 싶은데 나눠 가질 수 없는 몸몸의 아
픔이 스며 멀쩡한 내 몸이 이리 아픈 것인데 번데기처럼
이리 쪼그라드는 것인데

*박상륭의 『죽음에 관한 한 연구』의 운을 빌려.

솔잎은 봄에도 지더라

너 가고 없는 모란공원에
어쩌자고 봄은 또 오시는가
저 생긴 대로 동글동글한 놈은 둥글게
네모진 놈은 네모나게 사이좋게 누운
무덤 사이 제비꽃 어우러져 한바탕 웃어대는데
떨어져 누운 것들은 저리 고요하구나

작은 새 한 마리 맘 놓고 쉬지 못하였으리,
뾰족한 저의 생김을 사죄라도 하듯
솔잎 소리도 없이 떨어져내린다
한겨울도 퍼렇게 견디더니 느지막이 피곤한 걸까
이제 어린 솔잎 돋아나니 푹 자고 싶은 걸까

살아서 누워 보지 못한
화평한 땅에 널 두고 돌아오는 길
누렇게 누운 솔잎 따라
내 안의 솔잎도 툭툭 떨어지고

생리

한밤중 횟집 수족관 앞
땅바닥에 오징어 한 마리 누워 있다
이미 유체 이동을 하였는지
잡아도 미동 않는 미끄덩거리는 살덩이
버팅겨 줄 가시도, 상처를 증명할 붉은 피도 없이
백색의, 부드럽기만 한 육체의 주인이었던 자여
자살이었는가, 실수였는가

친구놈이 살았는지
죽었는지 몰라도 산 놈은 산다
멍게는 송곳 몇 개 박은 채 빗장을 걸어
생전 상처 받을 일 없을 것 같고
광어와 도다리란 놈은 복지부동
납작 엎드려 지느러미도 까딱 않는다

수족관 속 산 오징어는 여전히 직선이다
그는 S자 곡선도 U턴도 모른다
일직선으로 내딛다 벽에 부딪히고

온몸으로 솟구치다 생의 금 밖으로 낙하하는 것도
직선의 생리를 피할 수 없는 그의 운명
그의 생리가 사형 유예를 며칠 앞당기게 하기도 하는
그래도, 어쩔 수 없는

진눈깨비

자취방 창문 두드리는 소리
올려다보니 네가 서 있었다
흠뻑 젖은 네 몸에서 물이 떨어졌다
따스한 아랫목에 너를 앉히고
푸른 비닐 덮은 사과박스 문갑을 열어
언 발 겹겹이 양말을 신기고 또 신기고……

화들짝 깨어 창문을 여니 진눈깨비 내린다
고체도 아닌 것이 액체도 아닌 것이
손을 내미니 순식간 사라지는 차가운 꽃, 꽃잎
여전히 사진틀 속에 갇혀 환히 웃고 있는 너
사랑하긴 했던가 진눈깨비
유리벽에 부딪쳐 쓰러진다

허물로 남은 노래

민주열사 묘역 모란공원,
잎 떨군 나뭇가지에 몸 빠져나간
매미 혼자 서리를 맞고 있다

굼벵이는 기다렸으리
나무뿌리 밑에 터널을 뚫고
제 오줌으로 흙 이겨 벽을 바르며 새벽이 오기를
어느 날 나아갔으리 벽을 밀고 천창을 뚫으며
긴 터널 빠져나왔으리 제 몸속에 꽉 찬 매미를 품고
더듬어 더듬어 빛을 향해

제 등 갈라 연둣빛 매미를 낳았으리
나뭇가지에 달라붙어 필사적으로
바닥으로 떨어진 놈도 있었으리 그사이
참새 입으로 들어간 놈도 있었으리
하지만 살아남은 놈들
사랑한다 사랑한다 간절히 날개를 비비며
맴맴맴 맴맴 매앰 매… 앰……

노래했으리 날개가 오그라들 때까지

노래는 사라지고 허물만 남아
뜨거운 한때 노래하다
떠나간 매미를 증거한다

3부

마음, 어쩌할 수 없는

케미라이트 사랑법

사랑이 별건가요 정신만 좇는 몸 빈 사람들 불멸이니
영원이니 해도 사랑도 화학반응일 뿐이지요 삼 년 지나
면 배터리가 떨어져 권태기가 오는 게 당연하지요, 주장
한 어느 머리 좋은 과학자 말마따나

그깟 사랑이 별건가요 허리를 뚝 분질러 주세요 그러
곤 막 흔들어 주세요 파란 불꽃이 튀죠 내 이름은 케미
라이트 내 몸은 스물네 시간짜리 화학물질 고까짓 것,
무시하진 마세요 사는 내내 불타는 사랑 그리 흔한가요
또 아슬한 찌 위에 매달려 있기는 쉬운 줄 아세요 물도
끌 수 없는 난 강력한 불꽃 당신을 환하게 밝혀 드리겠
어요 입질이 있는 만큼 흔들리는 난 정직한 불꽃 펄떡이
는 고기를 당신께 안겨 드리겠어요

하지만 한 가지 부탁이 있어요 스물네 시간은 꼭 써
주셔야 해요 혹 그 전에 낚시 가방을 챙겨 달아나더라도
어쩔 순 없지만 난 혼자서라도 탈 수밖에 없는 걸요 삼
년이면 어디에요 하루살이가 천 번도 더 입 맞출 견고

한 시간 아닌가요

　어찌할 수 없는 비의 힘으로 정직한 화학물질의 힘으
로 난 당신께 타들어 가고 있어요 그 후는,이라 했나요
난 몰라요 난 타는 동안만 살아 있으니깐요

배추 애벌레처럼

제 벗은 껍질 먹고
힘이 솟는 배추 애벌레처럼
푸른 배추 잎사귀 사각사각 갉아 먹고
먹은 만큼 풀물 오르는 배추 애벌레처럼
내가 먹은 사랑이 내 빛깔이 될 순 없을까
깨뜨린 만큼 품은 만큼 힘이 솟는
배추 애벌레일 수는 없을까
그러다 보면 날개가 돋는
배추흰나비는 안 될까

사랑은

잉태다
온몸이 자궁인 흙이
어둠 속에서 싹을 키우듯
딸아, 모든 사랑은 잉태다
부디 순산하여라
밖에서 끄집어내는 제왕절개 말고
꽃도 못 피고 사그라질까 미리 얼굴 내미는
여름 코스모스같이 조산하지 말고
어찌할 수 없이 밀려나오는 불가항력으로
깊은 우물에서 솟아오른다 사랑은
수천의 어머니가 그 어머니의 어머니가 숨 쉬는
우물 밑에 강물이 흐르고 그 아래
천 년 기다려 비상을 꿈꾸는 이무기가 숨 쉰단다
사랑은 네 속의 이무기를 날게 하는 것
정녕 솟구치려무나 이무기와 함께

사이

쨍쨍한 여름
종잇장 같은 꽃숭어리 톡톡
터트리는 배롱꽃 붉은 멍울이여
네 향기에 취해 나는 못생긴
모과 몇 알 하늘에 내다 건다
넌 그대로 거기 있어라
난 이대로 여기 있으리니
개심사 연못 사이에 두고
이대로 한세월 보내자
닿을 듯 말 듯 이만큼의 거리에서
달빛 젖은 연못 속 그림자로나 만나자
다가갈 수 없으면 어떠리
너와 나의 긴 겨울
한 벌 옷도 없이 떨면 또 어떠리
어둠 속 은밀한 뿌리로나 얽히며
바람 속 묻어나는 향기로나 만나자

마음, 어찌할 수 없는

해 넘어가는 가을 들판
해바라기 몇 놈 고개 바짝 들고
해바라기를 하고 있다
황금빛 후광 몇 잎 시들어지고
까맣게 그을려 타들어 간 씨앗
촘촘히 박혀 있다

수많은 밤
어둡고
빈 들판에서
만날 희망도 없이 기다렸으리
뜨거운 빛에 눈멀어,
까맣게 탄 동공
그래도, 고개 들어
해 뜬 곳 향했으리
저도 모르게
부질없이

시대의 혹

언제부턴가
그의 몸에 혹이 생겼다
슬며시 자리 잡아
가슴 언저린가 하면
어느새 정수리로 옮겨 앉는
현미경으로 들여다봐도
엑스레이를 찍어 봐도
잡히지 않는,
떼어내려 할수록 안간힘으로 버티는
한번 삼키고는 다시 뱉어낼 수 없는,
수혈하지 않아도 그렁그렁 맺히는
가슴 저 밑동 눈물 핥아 먹으며
툭, 고개 내미는
혹 사리가 될지 몰라
꿈꾸는 혹

전태일과 창가에서

폐교에서 스무 날째 마룻장 삐걱대는 소리 잠 깨어
듣는다 온종일 과거 속의 전태일과 연극 전태일과 자신
속의 전태일 사이 씨름하다 책갈피 사이 얼굴 묻은 채
잠든 가난한 전태일들의 코 고는 소리 30년 전 평화시장
재단사만큼 일하고 미싱사만큼 가난한,

창가로 가니 보인다 빛에로 몰려들어 쉴 새 없이 도는
하루살이 여린 목숨의 날갯짓, 꽁지에 반디를 달고 원무
를 추고 있는 개똥벌레, 먹이를 찾아 이층 난간까지 올
라와 목울대를 떠는 청개구리, 간이부엌을 배회하는 고
양이의 발소리, 한밤중 애기 주먹만 한 별빛 아래서 모두
가 살아 움직인다 달빛 머금어 하얗게 빛나는 박꽃 사
이, 그대 얼굴 서늘하게 떠오르고

황달이 들도록 힘껏 꽃대궁 밀어 올려도 푸른 잎 함
께 할 수 없는 운동장 구석 상사화처럼 우리 끝내 만나
지 못한다 해도 괜찮아, 어느 날 우리의 목숨 스러진다
해도 세상은 오늘 밤만큼만 따듯해도 좋아, 식을 땐 그

만큼 차가워도 억울할 것 같지 않아, 흘러가는 것은 흘러가는 대로 둬, 다만 아득한 절망에서 함께 나누던 풀빵 그 향기로운 기억까지 세포 구석구석 간직하며 살아, 천 억겁의 과거도 어제가 아니고 천 억겁의 후도 미래가 아니야, 다만 오늘 이 순간 살아 있자 하루살이 속삭이는, 이 밤은 다시 오지 않는다

청춘의 노래

달도 뜨고 기울어 기울어 가지만 한번 맺은 우리의
우정은 변치 않네
꽃이 피면 언젠가 언젠가 지겠지만 한번 맺은 우리의
사랑은 변치 않네

이 밤이 지나면 떠나갈 님이여 오늘밤 내 님의 두 손
을 꼭 잡고
저 달이 기울도록 울도록 놀고지고 이 밤이 새도록
새도록 울고지고

한번 떨어진 꽃은 내년엔 피겠지만 한번 떠나간 님은
다시는 오지 않네
우리의 청춘도 언젠가 지겠지만 오늘밤 님과의 사랑
은 영원하리

목련꽃 옆에 눕다

속절없이 비가 내려 목련꽃 이파리 땅에 눕길래 따라 눕고픈 밤이던가요 이미 젖은 더 젖을 것도 없는 목련꽃 하도 예뻐서 나도 몰래 그 속으로 들어가 버렸는데요 숨은 불씨 연기도 없이 태워 버렸는데요 그때 나는 보았어요 납덩이 매단 새 홀연 떠나가는 것을 내 가슴 열고 천천히 날아가는 것을 사랑한다는 건 왜라고 묻는 게 아니야, 의문의 꼬리를 뚝 자르며 서편 하늘로 사라지는 것을

그날 이후 목련꽃 이파리 하나 내 안에 담아 오래 에 돌아온 후에야 나는 나에게로 돌아왔죠 꽃도 떨어지고 나도 사라지고 바라볼 하늘마저 숨어 버린 다음에야 나는 내가 될 수 있었어요 새의 깃털만큼 가벼워진 다음에야 사랑은 바로 오늘, 여기에 있음을 어제 핀 꽃도 끝내 뉘우치지 않고 내일 바람이 데려갈지라도 끝내 이유를 알 수 없음을 슬퍼하지 않기로 했어요 그냥 바람 따라 가기로 했지요

문규현[*]

전철 방음벽을 타고
호박 넝쿨이 올라간다
콩, 콩, 콩, 울타리 콩도
벽을 껴안고 넘어간다
가고 싶어, 여자가 한 남자의 속으로 들어갔듯
넘어가 버렸다 꿈엔 듯 생시인 듯
경계도 잊은 채

담쟁이
담벼락 타고 올라간다
마음 깊어 오르내리는 것들에 죄 있으랴,
붉은 손도장 땅땅 찍으며
올 라 간 다

* 문규현 신부는 1998년 천주교정의구현사제단의 일원으로 평양
을 방문해 미사를 집전한 후 구속되었다.

변산 앞바다에서

애써 바위를 치려 하지 않더라 파도는
저희끼리 몸 뒤섞으며 두 번쯤 올라왔다
한 번쯤 내려가며 뭍으로 달려올 뿐이더라

결코 표적을 향해 달리지 않더라 파도는
어찌할 수 없이 밀려가는 힘으로
모래밭에 닿고 절벽에도 이르더라

어깨 서로 기댄 채 진군하는
육질의 연대 파르르 떨며
부서지는 저 은빛 오르가슴

수월水月

월악산 가는 길
달을 듣는 물을 보았네
달이 물속 헤집고 들어가
수장된 옛집 짚덤불이며
삭은 지 오랜 옛 시렁 더듬다
얼굴이 반쪽 되어 이지러졌네

이른 새벽 낚싯줄 던지고
물에 젖은 달을 보았네
간도 가는 길목 나뭇가지마다
배고픈 길손 먹고 신고 가시라
밤새 산은 짚신이며 주먹밥 매달아 놓고
두만강 너머 사라지는
수월 스님* 발소리 들었네

하릴없이 세월만 낚다
물가에 피어난 작은 별꽃 보았네
달이 물위에 흔적을 남기지 않듯

그 흔한 게송偈頌 하나 남기지 않고
물결 싣고 사라지는 수월을 보았네
소리 없이 져 가는 풀꽃 무더기 보았네

* 수월 스님은 만공, 혜월과 같이 경허 스님의 제자였다. 고아 출신
머슴으로 나무꾼, 방앗간지기, 소치기로 일하며 삼십 년 동안 절에서
된장국만 끓여 된장국 스님으로 불리기도 했다. 문맹으로 입적할 때
까지 강단에 서지 않았고 이렇다 할 말씀도 남긴 바 없다.

엎드리니 보인다
—서산 마애불 앞에서

성원 할아버지 전등빛 따라
마애불도 제 형상을 바꾼다
장대 치켜든 그의 손에 힘줄이 솟는 동안
어둡던 마애불,
제 몸의 돋을새김 희미하게 드러낸다

눈 부릅뜨고 바라볼 땐
화들짝한 눈으로 내려다보더니
가만히 엎드렸다 눈을 드니
삼매에 든 서늘한 눈매
시름없는 아이인 줄 알았더니
눈가에 그늘 깊은 노인이다

나는 너무 오랫동안 엎드리는 법을 잊었다

흔적

모래는 아플까
결결이 박힌 파도의 문신
시퍼렇게 긁어댄 억만 겹의 자국
모래는 아팠을까
비벼대던 파도의 거친 입맞춤
온몸 흔들어대던 불같은 사랑
게는 알까
고동은 혹 소라는
영겁의 포복으로 달려와
기어이 부서져 버린 파도의 아픔을
더 오를 수 없는 파도의 절망을
절망 끝 찍어 버린 모래 위의 생채기를
그리하여 알까 파도는
산산이 부서져 먼지로
비상하고야 말 모래의 소망
끝내는 알 수 있을까
파도는 저 파도는

뿌리가 뿌리인 이유

뿌리는 어둡다
밑으로만 파고드는 속뿌리는
언 땅 머리 처박고
깊이 더 깊이 물줄기 찾는
뿌리는 춥다
줄기 더 높이 뻗어
잎사귀 그득 달아 주고픈
뿌리는 무겁다
떨어지는 꽃 거름 삼아
한 아름 열매 안겨 주고픈
꼭 그만큼 더 어두운 곳으로 파고들어야 하는
줄기에서 점점 멀어져야 하는 뿌리는

앓이

가까이 있어도 볼 수 없는
당신이 보고 싶어 귓가에 맴돌아도
들을 수 없는 당신 목소리가 늘 그리워
녹화 정도는 문제없는 비디오가 있고
녹음이야 누워 떡 먹기인 카세트가 있어도
가슴속엔 반복 장치란 게 없는 모양이라
돌아서면 나는 당신이 보고 싶어
그러다 아프고 마는 것은
당신이 내 안에 있어서인가
알이 된 당신이 자꾸자꾸 자라나
내 가슴 누르기 때문일까
내 아직 앓이를 견디는 것은
내 속에서 알을 깨고 날아가는
당신의 날갯짓을 기다리기 때문이다
내 아직 불멸을 믿는 것은
당신을 사랑하기 때문이다
나보다 선한 당신이 살고 있기 때문이다
이 막막한 세상에

4부

내 마음의 계단

채송화

산비알 타고 새벽이슬 밟아 언니는 푸른 손바닥 같은 목화 잎 사이 엎드려 지심매는 엄마의 무명 수건을 찾았어요 바람을 너무 많이 먹은 탓일까 갈치 한 토막 구워 먹었으면, 언닌 바람처럼 말했다죠 어린 동생들 사랑방에 모아 놓고 꽃잎은 하염없이 바람에 지고 무어라 맘과 맘은 맺지 못하고 밤새 풀잎만 맺고 또 맺으며 노래 가르쳐 주던 스물세 살 언니는 빨간 보자기로 질끈, 시렁에 목을 맸지요

재 너머 둔덕에 언니를 꼭꼭 숨기고 돌아온 어스름 남자가 산길을 물었지요 아직 덜 마른 뗏장풀이 남자의 손톱을 마구 쥐어뜯구요 바스라진 손톱이 노을빛에 붉었지요 안마당에 화톳불은 말없이 타오르다 사그라지고 병든 아버진 토방에서 처마까지 높이뛰기 하는데 아직 덜 여문 계집아인 무화과 검은 잎 그늘에 숨어 채송화 모가지 분질렀죠 빨강 노랑 잎 오므린 꽃 이파리 하늘하늘 하늘로 던졌어요 별 총총 눈물나게 고왔지요

월미도에서

새벽녘 월미도
바다는 어머니 황색 저고리 옷고름
눈발 사이 언뜻언뜻 남빛 치마폭 휘날리고
어느새 불빛 가득한 목포항구
박하사탕 문 아이 오도마니 서 있네

어디에고 흡반 들이대던 다라 속 세발낙지 목숨 꿈틀
거리는 선창가 휘파리 골목 지나 유달산 가는 길 아이
의 책가방 위로 뙤약볕 밀고 가는 짐바리 구르마꾼 땀
방울 떨어지고 산도 염전도 전답도 다 팔아 떠돌던 끝
유정여인숙, 긴 마루 어머니 풀 먹인 이불 홑청 두들기
는 다듬질 소리 수학여행 나온 학생들 왁자지껄 떠드는
소리 한밤중 술 취해 질러대는 떠돌이 뱃사람들 따스한
밥 퍼다 주며 가만가만 달래는 유정한 어머니 발걸음 소
리

서해 끝에서 서해 끝으로
떠도는 몸 철야 끝 달려온 월미도

오래전 어머니 긴긴 철야에 밥줄 매단
육 남매 시퍼런 목숨처럼 파도 밀려오네
끼룩대는 배고픈 갈매기 소리 사이
밤새 윙윙대던 기계 소리 사라지지 않네

어머니의 밥상

산목련 그늘 옆에
어머니 누우셨네
천개天蓋 열어 흙삽 퍼부어도
어머니 눈도 뜨지 않으시네
사과 한 쪽 갈아 드려도
아이고 고마워라, 틀니로 웃으시던 어머니
오이 송송 썰어 된장에 무쳐 드려도
아따 누가 이렇게 해 줄끄나, 고마워하시던
어머니 입도 열지 않으시네
주소 없이 떠돌던 막내딸 집 어쩌다 며칠
받아 본 가난한 밥상머리 행복해하시던,
한평생 밥상만 차리신 어머니

다음 생엔 꼭 내 속으로 들어와 열 달 배 속 품어 고이
고이 길러 내 배 앓아 엄마를 낳아 줄게 배탈 나면 차조
메조 눈 많은 곡기 끓여 기저귀에 꾹 짜서 한 입 한 입 먹
여 줄게 한참 자랄 땐 새벽시장 콩물 받아다 노란 주전
자 가득 머리맡에 놓아 줄게 입맛 없을 적엔 산낙지 사

다 식초 설탕 간장 넣어 연포탕도 해 주고 석화 넣어 홀
홀 넘어가는 매생잇국도 끓여 줄게 한평생 서서 밥상 고
이 차려 줄게 늘 앉아서 밥상만 받은 몸이

통곡도 없이 흙을 밟네
허공에 밥상을 차리며
어허 달고나를 부르네

내 마음의 계단

내 마음의 상부 구조에는
늘 가부좌를 틀고 앉은
야윈 아버지가 숨 쉬고 있다
유달산으로 난 쪽문을 열어 둔 채
낡은 시첩, 화선지와 묵 냄새 풍기는
흑백의 풍경이 숨어 있다

내 마음의 하부 구조에는
늘 복작거리는 일본식 집
즐비한 다다미방 틈새로
김치국물 젓갈냄새 배인
엄마의 치마폭이 날리고 있다
선창 쪽으로 문을 열어 둔 채
싸구려 밥과 술주정뱅이 냄새 뒤엉킨
비린내 나는 풍경이 살아 있다

반평생 오르내리다
아래층에도 위층에도 몸 붙여 보지 못한

나는 아직도 오르내리고 있다
낱낱으로 쓸쓸한 풍경 사이
어쩌다 하나가 되며

은행꽃을 본 적은 없어도

고것이 푸르딩딩허니
버들강아지맨치롬 생겼다고 허는디
잎사구 뒤에 숨어서 당최 뵈지도 않구
고걸 보믄 저승길이 가찹다 해서
쳐다보지도 않았다던 엄니 말마따나
은행꽃은 소 잡고 마무리할 때 쓰는 아주 작은 칼이
라는디
백정이 품속에 꼭꼭 숨겼다 숨넘어갈 때야
도끼 앞에 정수리를 댄 소마냥 말도 못 하고 꺼이꺼이,
고개만 주억거리다 건네준다는디 아비의 아비가
그 아비의 아비가 차마 물려주기 싫어
떨구어낸 퍼런 눈물 벼려져 녹도 슬지 않는다는디
백정의 가슴속에서 저 혼자 서슬 푸르다는디
어쩌다 꽁꽁 싸 놓은 매듭이 풀려
서늘하게 만져지는 내 가슴에 은행꽃 하나

겨울, 압구정

압구정역 지하도 위
까만 고무단으로 허리 동여맨 할머니
국밥을 드신다 황금가지 밑에 앉아
이빨도 없이 흘려 넘기는 국밥엔 김도 안 나고

신문지에 펼쳐진 할머니의 만물상에는
귀이개며 손톱깎이 바늘쌈지가
기다리고 있다 네모난 신문지에 갇혀
빨강 파랑 고운 빗과 이태리타월도
잔뜩 멋내고 기다리고 있다
파와 시금치도 파랗게 얼어 따스한
집으로 데려다줄 길손의 발길 멈추기를

압구정에 해는 지고
아직 네모 칸에 갇혀 있는 할머니와
쇼윈도에 눈길 갇힌 바쁜 구두굽 사이
바람은 직선으로 불고
황금나무는 질 줄 모르고

혀는 고전주의자

밤늦은 시장 모퉁이 선술집
몸살 뒤끝 입맛을 잃은 혀가
말랑말랑한 순댓국 살점을 더듬네
삼양라면 봉지에 싼 김과 거버이유식 병에 담긴 김치
볶음을 내놓고
친구들과 쫑알거리며 먹던 여고 시절 점심시간처럼
혼자 중얼거리며 순대를 씹네
퇴근길 담벼락에 걸린 시래기 한 다발 훔쳐다
된장 넣고 지져 먹던 스물다섯 살 언저리, 동그란
공순이 시절 얼굴들과 플라스틱 밥상을 떠올리며
동그랗게 입을 벌려 곱창을 말아 올리네
동네 언니들 수예틀 끼고 밤새 쫑알대던 어릴 적 사랑
방
흥건히 잠들어 수틀 속 나비를 쫓다 깨어
볼이 미어져라 먹던 밭에서 막 뽑은 배추쌈과
타닥타닥 익어 가던 화롯불 속의 고구마와
얼음이 동동 떠 있던 동치미를 떠올리며
뜨거운 목울대로 죽은 목숨들 삼키네

아스팔트의 이리

살 맞은 짐승의 울음소리가 바로 저럴까
새벽 세 시 어중간한 열린 창 사이로
느닷없이 울음소리가 들려왔다
창문가로 가니 옆 건물 식당에서 회를 뜨는,
정자라던가 정순이라던가 늘 소리 없이 웃으며
스끼다시 모양 나게 꾸미던 여자가 분명한데
나가다 안 나가다 노가다 남편 만나
온몸에 퍼런 문신 자국 지워질 틈 없이도
튼실한 아들 둘씩이나 주시어 감사하다던,

울부짖던 그림자 흐느낌으로 바뀌도록
여자 속의 이리는 철창에서 나올 줄 모르고
이리 밖의 여자는 달빛에 흥건히 젖어도
철창에 부딪히는 소리는 멈출 줄 모르고
여자 속의 이리와 교신해 버린 내 안의 짐승은
철창 속을 어슬렁거리고……

반거충이

설거지를 하려다 개수구에서 올라온 바퀴벌레를
나도 몰래 맨손으로 때려잡다 움찔 생각하니
시간이 흐르긴 흘렀다 처음 살림할 땐
죽은 갈치 지느러미도 못 도려내던 내가
산 향어 배때기도 잘도 따고
신문지로도 못 잡던 바퀴 따윈 알 매단 어미까지
맨손으로도 탁탁 두들겨 잡는다

살림에도 이력을 요하던가
시간은 가르친다 마음은 사치라고
오로지 목표를 향해 달려야 한다고
때로 두 눈을 질끈 감아야 할 때도 있다고
하지만 바퀴벌레 한 마리 잡고도 마음 다치는 나는
실랑이를 멈출 수가 없다 마음이 빚는 사소한
사슬에도 쉽게 엉키어드는 나는
아무래도 반거충이

게놈 복제 주문

슬픔을 망각하지 못하는
내 유전자를 복제하지 마세요
암수술 한 몸에 달고서도
영영 없는 영원의 꽃이나 꿈꾸다
지나가는 벌나비 대롱에 제 사랑 흘려보내는
식물성 DNA일랑 확 바꿔 주세요
꿈은 하늘에서 내려온다 믿는
out of date 한 꿈 대신
진흙탕에 뼈 없는 몸 비벼대는
짐승이 되게 해 주세요 있는 대로 다 태워
그리움이라든가 사랑이라든가 가슴을 찔러대는
뼈 있는 마음일랑 남아나지 않게
가능한 방탕한 염기서열로 배치해 주세요
오늘 이 순간에 목숨 거는 놈으로
하여 어제를 망각하지 못하는
장기 보존 암호일랑 확 지워 버리고
사라지는 것은 없다, 믿는
꿈을 망각할 수 있도록

고리

새벽 귓갓길 강도를 만난 이후
나는 자유인이 되었다
분실신고 할 게 그렇게 많다니
쓸데없이 가진 게 많다 싶은 내 껍데기를 비웃으며
나는 갑자기 분실되고 싶어졌다

—나는 지금 분실 중이오니 나에게서 나를 찾지 말아
주시기 바랍니다

전화수첩이 없으니 전화 걸 사람도 없고
신분증이 없으니 나를 증명할 일은 영영 없을 것 같았다
쌓이는 고지서도 영수증도 다 쓸어 넣어 버리자
무정부주의자라도 된 듯 은근히 나의 부재를 즐겼다

보름도 안 되어 나는 자유가 불편한 것임을 알았다
쓸 데는 늘어나고 신용은 정지되고
내가 누구인지 증명해야 할 일만 생기고
누군가 안부를 물어 오면 미안하단 생각부터 들었다

꿰미에 꿰인 조기 속에서 나를 본다
이름과 명세표와 주민등록번호와 전화번호와
또 번호들의 번호와 그 번호들의 번호의
수많은 고리에 꿰어 있는 나여

　―바코드를 대지 않은 분은 이 세계를 통과할 수 없습니
다

목욕탕 속의 명상

목욕탕 거울 사이로 흉터가 스쳐 갔다
부황 뜬 자국인가 등줄기 가득
동그랗게 박혀 있는 자주빛 흉터를 보다
나도 몰래 제왕절개 자국 선명한 아랫배를 가렸다
너무나 선명한 아픔의 흔적
아픈 만큼 도드라져 속일 수 없는 아픔의 증거

때로 지워 버리고 싶었던, 기억 위에
샤워기를 뿌리고 흉터를 쫓아간다 흉터투성이 여자
가
잡티 하나 없는 여자의 얼굴에 오이를 바른다
엎드린 여자의 등허리도 다리도 매끈했다
이상할 것도 없이 산고를 여럿 거친 여자 배는 터 있
고
산고를 겪지 않은 여자 배는 팽팽한 법
공단 가로수는 가을이 채 익기도 전 후줄근하게 색이
바래고
절간 나무는 첫눈이 내리도록 청명한 빛을 간직하지

비탈길 바람에 후들겨 맞은 놈은 옹이투성이에 꼬여
있고
평평한 양지에 선 놈은 반듯하게 자라지

상처를 메우는 방법이 있기는 할까
건너뛰기 말고 봉합 말고 말이야
흉터 없는 몸이 상처뿐인 몸을 어루만질 수 있을까
상처 없는 살이 상처에게로 밀려갈 수 있을까

철교에 고깃덩어리처럼 걸린 아이가

딸아이 탄생 열 돌을 맞아
달콤한 케이크를 잘라 먹은 날
발칸반도는 발칵 뒤집히고
티브이 속에선 여인이 울부짖는다
축 늘어진 아이를 안은 채

터키나 동티모르나
쿠르드족이나 마두라족이나
코소보나 세르비아나 크로아티아나……
지상에 수없이 걸린 철조망이여
영원에조차 문신을 새겨 버린
흑백의 금, 금, 금이여
철교에 고깃덩어리처럼 걸린
아아, 아이의 육신이여
끝내 금이 뭔지 몰랐을

5부

하나이며 전부인 나

하나이며 전부인

내 몸에 엽록소가 생겼나, 바람 뒤척일 때마다 구멍이 뚫려 뻐끔뻐끔 다물었다 열었다 푸른 그늘 아래 눕는 것인데, 누워서 나무를 보다 한 번도 누워 보지 못한 나무 아니, 줄기를 보다, 그 위에 매달린 나뭇잎 하나하나 아니, 세포 속으로 들어갔다 체관을 따라 이 가지 저 가지 옮겨 다니는 것인데, 물관 속으로 스며들어 이 잎 저 잎 섞이어 흐르다 뿌리 밑으로 파고드는 것인데, 오르락내리락하다 나를 잊어버리는 것인데, 이 나무 저 나무 타고 다니는 것인데, 이 가지와 저 가지 사이면서 이 가지이고, 이 잎과 저 잎 사이면서 정녕 한 잎의 나로 돌아오는 것인데, 그 사이를 타고 다니며 꿈을 꾸는 것인데, 오르내릴 나무가 숲속에 무한대로 널려 있어 매일 나는 숨을 들이켜고 내쉬는 것인데, 하나이며 전부인 나로 오르내리는 것인데

서울역 비둘기

1
떠나고 돌아오는 서울역 광장
비틀비틀 걷는 비둘기가 있어
돌아보니 발가락이 두 개다
어쩌다 그렇게 태어났누 하는데
한두 놈이 아니다

누가 잘라 버린 걸까 발가락 두 개는
모이가 떨어져도 뒤뚱뒤뚱
날랜 놈들한테 다 뺏기고
때 전 뱃가죽만 파르르 떨린다
새는 날개만 있으면
　　　돼 돼 돼……
어느 날카로운 면도날이
널 땅에서 몰아내려 한 거니
백로도 아예 까마귀도 되지 못한
너의 잿빛 날개 하늘에서도
중심을 잃고 비틀대는구나

너의 비상은 잠깐
너의 하늘은 한때의 광장일 뿐인데
그저 날기만 하라고? 땅을 저주하라고!
잘라 버린 너의 발가락은
너의 자유를 날려 주었느냐
영영 날려 버렸느냐

2
새벽 등 시려 올 적마다
날고 싶었다
구겨진 신문지 한 장
위의 生

그깟 땅바닥 굴러다니는 모이 쯤이야,
솟구치고 싶었다
얼음 쩍쩍 달라붙는 철탑 딛고라도

아무래도 날아갈 수 없어

주저앉은 광장 내리쪼이는 햇빛은

하얀 비둘기들의 꿈

어둔 지하도에서 밤새

퍼득이는 잿빛 날개여

살아야 쓴다

오늘은 휘어진 고춧대를 세웠다
장맛비에 부러진 놈은 하릴없이 뽑고
성한 놈만 골라 흙 두둑히 덮는데
아들아, 구부러진 네 어깨 밭고랑마다 구불거려
에미는 흐른 눈자위만 자꾸 훔쳤구나

아침저녁으로 찬바람 불어대는데
명절이 낼모렌데 아들아 너는
어디를 헤매고 다니는지 끼니는 챙겨 먹는지
절은 배춧잎 모냥 풀죽은 네 얼굴이 밟혀
늙은 에민 새참 한 입 떠 넣을 수 없었구나

무밭 뿌리째 뽑아 버린 장대비보다
고춧대 부러트린 몹쓸 바람보다
모질고 모진 게 세상 인심이더냐
어디 인두겁 뒤집어쓰고,
한솥밥 먹으며 죽어라 일해 준
이녁 식솔을 쫓아내더란 말이냐

그러나 에미는 모질게 살아냈다
난리통에도 오직 살기 위해,
쑥뿌리 캐 먹으며 삼백 리 길을 걸었다
배고파 보챌 힘도 없는 너를 업고
찢어진 고무신에 무명 헝겊 싸매고

하늘 아래 목숨만큼 귀한 게 있더냐
깜깜한 밤일지라도 정화수 떠 놓고 빌다 보면
새벽 푸르게 밝아 오지 않더냐
살아야 쓴다, 아들아 꼭 살아야 쓴다

전지箭枝

청계산 지나다
뭉툭 팔이 잘린 포플러를 보다
가릴 것 없는 몸뚱이에 먼지 뒤집어쓴 포플러와
개심사 산중의 고결한 배롱나무 팔자를 떠올리다
그놈과 이놈 중에 누가 행복할까 생각하다
청계산에 숨었다던 C형이 떠올랐다
상고 나와 은행 창구만 이십 년 지키다
뒤늦게 대리 된 지 오 년 만에 잘린,
뒤에 앉아 큰 건 올리면 뭐 하나
만 원 이만 원 꼬깃꼬깃 쌈짓돈 들고 오는
동네 아줌마들 받드는 재미 쏠쏠하지,
껄껄 웃으며 배고프던 시절 불러내
보신탕이며 삼계탕도 먹여 주고
매달 꼬박꼬박 3만 원씩 보내 주던 C형
붉은 기 도는 얼굴에 늘 웃음 떠나지 않던 그가
잘린 마음 삭이느라 청계산에 들어가더니
이 나라를 뜬다 했지 대학 안 나오면
사람 대접 못 받는 이 나라가 밀어내니

그냥 떨어져 나간댔지

청계산 지나다
뭉텅 잘려 기도할 손도 하늘하늘
바람에 나부낄 옷도 없이
떨고 있는 포플러를 보았다
길거리에 수많은

대우우중 大宇雨中

새벽 다섯 시 부평 인력시장
잿빛 작업복 너덧 옹송거리고 있다
오늘은 어디로 팔려 갈까
계양구청 신축 공사장일까 중동 아파트 건설 현장일
까
철골 구조물 빼내는 터널 공사장이라도
자리만 있다면
하릴없는 기다림 끝 비는 내리고
젊은 작업복들 빠져나간 자리
늙수그레한 작업복들만 비에 젖는다

깎을 만큼 깎고 견딜 만큼 견뎠는데
기다리라 해서 기다려도 봤는데
돌아가다 말다 하던 컨베이어 벨트는 끝내 멈췄다
마이너스 통장도 깨서 쓸 적금도 이제 없다
누비라는 거리를 잘도 누비는데
낡은 작업복은 누비고 다닐 데가 없구나
봉투를 접어 볼까 아내 앞에 꿇어앉아

한 판에 40원짜리 컴퓨터 키보드라도 끼워 볼까
셔터 내려진 부평 거리 갈 곳 없는
사내 하나 부평초로 떠돈다

위가 간에게

속 비면 꼬르륵 엄살을 떨고
꽉 차면 아예 움직이지도 않는다고
넌 내게 지만 아는 놈이라 욕하지
하지만 나도 네게 할 말은 있어
네 몸의 반 조각 썩어 없어져도
아프다 소리 한번 지르지 못하고
못된 것들 독이란 독은 다 품고 살다
결국 네 몸을 다 잘라낼 지경이야
간뎅이가 어디 네 거야
네가 없어지면 우리도 끝장이라구
투정 좀 부려 봐 우습게 안 보게
소리 좀 질러 봐 정신 좀 바짝 나게
우리 주인 아이쿠나 놀라 자빠져
다신 우릴 혹사 못 하도록
따끔한 맛을 한번 보여 주라구

나무

언제부턴가 소리 없이
너는 흔들리고 있었다
비수로도 뚫을 수 없는 단단한 어둠 속
갇혀 지낸 수많은 밤들
네가 더 이상 한 알의 씨로 남을 수 없었을 때
땅은 말했다 다 묻거라 이제 안으로 접거라
떠돌던 마음도 까맣게 굳어 버린 어둠 속의 시간도

넌 너의 자유를 단 한 뼘의 땅에 묻었다

이제 너는 나무
너의 뿌리는 대지의 물로 축축하나
그 수액으로 결코 썩지 않고
너의 잎은 불타는 해를 탐하나
그 빛에 더 이상 타지 않는다
너는 대지 깊숙이 또아리를 틀고
네 피운 푸른 잎만큼 세상을 덮어
이제 너는 너의 대지를 가졌다

나무, 아미타불

산다는 건 저런 것이다
비 오면 비에 젖고 눈 오면 허옇게 얼며
천지사방 오는 바람 온몸으로 맞는 것이다
부스럼 난 살갗 부딪혀 간 수많은 자국들
버리지 않는 것이다
얻어맞으며 얼어 터지며 그 흉터들 제 속에 담아
또 한 겹의 무늬를 새기는 것이다
봄빛 따스하면 연둣빛 새순 밀어 올리고
뜨거운 여름날 제 속으로 깊어져 그늘이 되는 것이다

믿는 도끼에 발등 찍힌다는 속담도 모르는 나무는
　자기도 모르게 발등 내주어 장작이 되고 의자가 되는
것이다
　나무, 아미타불

연

진창에서 피어 아름답다 하는가
진창은 그저 진창일 뿐인데
어쩌다 핀 너 때문에 진창이 더러워지는 걸
넌 원치 않았다

아무도 말하지 않는다
진창은 부드럽고 따스하다고
그래서 네가 태어난 거라고
말하고 싶었다
진창과의 연을 끊을 수 없었을 뿐이라고

하지만 진창도 만만하진 않았다
부드러우나 무거운 진창과의 싸움은

때론 가벼운 연처럼 날고 싶었다
끈 떨어진 연이 되어서라도 비상하고 싶었다
사는 내내 치러야 할 진흙과의 싸움에
골다공증을 앓는 너의 뿌리

던져 버리고 싶었던 나날이
정녕 너를 피웠다

진창에서 피어 아름다운 게 아니라
진창과의 싸움을 버리지 못해서일 거라고
혹 아름답기는 하다면 꼭 그렇게 말해 다오

시詩

어두운 한낮 산사에 갔다

해탈문 지나 무량수전 처마 밑에
죽지 접고 졸고 있는 새의 무연한 시선에
풍경 소리 날아와 부딪히는데
그 순간 석가모니처럼 반개半開한
새의 눈에 엷은 미소가 번졌는데
나는 왜 배롱꽃처럼 얼굴 붉혔을까

내 평생 더듬거리다 보면
절로 안겨 오는 노래 부를 수 있을까
온몸이 귀가 되고 눈이 되어
제 말이 없어진 천수천안보살처럼
다 타고도 바람 속에 묻어나는 향
울려 퍼지는 풍경 빚을 수 있을까
말 속에 절이 깃들듯
절 속에 말이 숨 쉬듯

나이테

영철이 손바닥은 가로세로 무늬목
손가락마다 옹이가 자라구요
고랑 파인 틈새마다 나이테가 자라지요
팽팽 돌아가는 면치기며
야근하다 잘못 내리친 망치며
힘에 부쳐 길을 잘못 든 대패가 밀어붙인
상처 위에 새살이 돋는데요
언젠가부터 영철이 몸은 그 손을 거쳐 간
피나무 오리나무 박달나무로 작은 숲이 되었구요
얼굴엔 수염 대신 파란 잎이 돋아난다는데요
거북이 등가죽 같은 줄기 위로
여름 한철 매미 맘껏 노래 부르구요
집 없는 풀벌레 알 까느라 부산하다나 봐요
목공 생활 이십 년 내 친구 영철이는
동글동글 옹이만큼 나이테도 자라
결 고운 무늬목이 되었대요

봄꽃

봄꽃은 꽃으로 먼저 피어난다는 것을
꽃 지고 난 아랫자리 그제야
파릇한 잎 돋아난다는 것을
나는 한참 커서야 보게 되었다
따스한 꽃의 계절 스쳐 가고
갈퀴 바람에 알몸으로 서 있어도
여전히 온몸 흔들리며 살아 있음을
한참 후에야 알게 되었다
때로 풍설에 못 이기어 잔가지 부러지고
전지의 손길 아프게 훑어 가도
뿌리 시퍼렇게 살아 있음을

보인다 꽃 속에 뿌리가
잎도 가지도 통째로 보인다
씨앗이 보인다 생명이 보인다
젊은 시절 한참 보내고 나서야
부끄레이 나무와 만나게 되었다
꽃이 아름다운 이유를 알게 되었다

아름다운 복수

뜨거운 숨결 가득한 바다
물밑 모래펄에 굴조개 살았다
언젠가부터 굴조개는 뱉어내기 시작했다
입 안 가득한 모래 알갱이며 썩은 침전물
그럴수록 몸속 깊이 파고드는 잔해
토해내고 뱉어내다 축 늘어져
굴조개는 껍질을 닫아 버렸다
더 이상 숨 쉴 수조차 없어

이제 적은 안에 있다
도망갈 수도 밀어낼 수도 없는
남은 것은 온살 켜켜이 파고든
이물질과의 싸움뿐
굴조개는 모래와 뒤섞여 몸부림치다
마침내 제 몸 헐어 진액 뿜어내었다
꿈틀대던 육질의 마지막 떨림과 함께
멈추어 버린 시간
파도 소리도 영겁의 출렁임도 사라졌다

어두운 바다 밑

누군가 빛나고 있다

제 살 녹여 빚어낸 단단한 광채 하나

한강은 흐른다

쉬잖고 흘러
가파른 계곡에선 배밀이로 저를 뒤엎고
개천에서 낮은 포복으로 저를 넘어서며
섞이어 흘러 예까지 왔나니
생의 여울진 굽이마다 복병은 있어
부서지며 흩어지며 밀려온 나날이 흐름을 이뤘나니
살 섞어 세상 티끌 빗어 주는 노래가 되었나니
아래로 아래로 한강은 흘러
더 낮아질 것 없어 깊은,
저 바다로 가나니

아우라지 길을 따라

오래전 석공이 빚어 놓은 듯한 홍암 즐비한 강길을 따라간다 아우라지 물길을 끼고 내 마음이 간다 물은 오래 흘러간 자취를 따라 앞으로만 간다 뒤돌아보지 않는다 멈추지 않는다

마음도 저와 같아 흐르되 뒤돌아보지 않을 수 있다면 마음도 저와 같아 길을 따라 흘러가면 언젠가 마포에 이르고 한강에 이를 수 있다면 내 눈이 저 물길을 보는 것처럼 내 마음의 줄기 또한 있는 그대로 볼 수 있다면 마음이 빚어 놓은 허물을 엑스레이 찍듯이 직시할 수 있다면

주류는 흐르나 지류는 사방으로 흩어졌다 어떤 흐름이 계속 흐르고 어떤 흐름은 다른 흐름에 휩쓸린다 어느 흐름이 다른 흐름을 낳았는가 어느 흐름이 강으로 남고 어느 흐름이 바다로 가는가

물길도 마음과 같아 스스로는 알 수 없다 스스로는 볼 수 없다 알 수 없어도 존재한다 존재한다는 것은 움직인다는 것, 움직인다는 것은 살아 있다는 것, 흐르라

바위에 부딪혀 온몸 뒤집히는 저 물처럼 피하지 마라
마음이 껍질을 깨며 파열하는 순간을 물처럼 자기만을
살다 가는 저 물길처럼

노동자와 시인, 그리고 김해자

김정환(시인)

김해자는, 아는 사람에게는 너무도 당연한 호칭으로, 인천 노동자 운동권의 대모다. 시인 박영근의 소개로 그녀를 처음 만났을 때, 특히나 박영근과 대비되어 그녀는 예쁘고 새침한, 거의 빼어난 용모였지만, 나는 별로 놀라지 않았다. 노동자는 못생기고 누추해야 한다는 관념론에 대한 반감으로서가 아니라, 그녀의 표정은 이미 산전수전을 다 겪은 후의 진정한 아름다움을, 맵차게 머금고 있었던 까닭이다. 그날 시인, 평론가, 작가로 구성된 우리는 그녀와 어울려 술집을 2, 3차 들르고, 노래방에도 갔는데, 그러는 중에 그 '아름다움'은 간혹, 일순 균형을 잃고 '표독 혹은 눈물' 쪽으로 좌충우돌하기도 했다. 표독 쪽으로 기울었을 때 그녀는 내게 '니는 뭐가 그리 잘났냐? 니가 한 게 도대체 뭐냐?'고 공박을 퍼부었고, 눈물 쪽으로 기울었을 때는 감정의 폭발 속에서도 자신을 기묘한 촉촉함으로 추스르는 '대가의 풍모'를 보이기도 했는데, 어쨌거나 그런 그녀로 인하여 나는 나를 십여 년 동안 사로잡았고 그후 십여 년 동안은 물고 늘어졌던 '노동자시'라는 것에, 비록 잠시나마, 그것을 뿌리치려는 방향이 아니라 다시 한 번 그것에 육박해 들어가는 방향으로 잠시 생각해 보는 계기를 갖게 되었던 것이 사실이다.

나는 노동당보다 노동자당을, 노동문화보다는 노동자문화를 더 정확한 호칭이라고 본 것과 마찬가지로 '노동시'란 말보다는 '노동자시'라는 말을 더 선호해 왔다. '노동자시'라는 말이 '노동시'라는 말보다 더 계급환원주의적일 수 있다는 염려는 정말 기우에 지나지 않았다. 계급을 삭제한 '노동'이라는 말이 오히려 계급환원주의를 양산하는 현상은 소비에트가 망하기 전인 20년 전이나 망한 지금까지도 창궐하고 있다. 계급의 계급성을 정확히 인식해야 '가치지향의 보통사람'으로서 노동자의 전 계급 대표성과 역사적 진보성이 해명된다는 명제는 아직 충분히 변증법적으로 인식되지 않았고 또 여전히 그 점이 작금 모든 사회운동의 저열한 수준의 가장 중요한 원인 중 하나라고 나는 생각한다. 나로 말하자면 '노동자시'에 대한 내 생각이 지난 20년 동안 크게 변한 것은 아니다. 다만 사고의 방향이 바뀌었달까. '그때' 나의 생각이 '노동자시'란 딱히 신원이 노동자가 쓰는 시가 아니고 전 계급의 이해를 진보적으로 대표하는 시다, 라는 것이었다면, '지금' 나의 생각은, 그러므로 '좋은 시는 모두 노동자시다', 쪽으로 바뀌었다. 이것은 능동적에서

수동적으로 바뀐 것일까, 아니면 거꾸로? 나는 복합적인 것 같다. '시'나 '문학' 앞에 붙은 모든 수식명사를 빼야 한다는 주장이라면(예나 지금이나 그 폐해가 극심했으므로) 다소 방어적인 것이겠고, '모든 위대한 예술은 모두 좌파'라는 생각에서 보자면 매우 전면적인 것이라 하겠다.

어쨌거나 시인 김해자의 첫 시집의 첫 시 「한밤중」의 전반부는 이런 정황에 보기 드물게 어울리는 작품이다.

> 삼백 날이 다가오도록 일기 한 장 쓰지 못한 나는
> 삼백 날이 넘도록 울면서 시 한 줄 쓰지 못한 나는
> 그래서 하루의 무용담을 노래하지 못하는 나는
> 일 년 삼백예순 날 누군가를 위해 울지 못한 나는
> 이 밤중에 나의 누추를 운다
>
> —「한밤중」 부분

다소 소재적으로 읽자면, 첫 행은 너무도 바빴던 활동가 시절이겠고 둘째 행은 투쟁적 일상이 과도하여 시적 서정이 성취될 수 없었다는 시인의 양심고백이겠고 셋째 행의 '무용담'과 '노래'는 둘째 행의 2분법에 대한 보다 치열한 미학적 고민에 대한 토로겠고, 그리고 넷째 행은 아연, 노동자 사랑의 보편화 경지에 대한 예감이다.

그리고, 그러므로, 시인은 그러지 못한 '누추'를 운다. 이 소재적인 진전은 전통적 운율을 강력하게 환기시키면서 동시에 극복하려 하는('나는'의 반복) 과도기 리듬에 의해 또는 강력하게 응집되는 동시에 현대 노동자적으로 해체됨으로써 자책의 감동과 전망의 차원을 조심스럽게/적극적으로 열고 있다. 그리고, 무엇이 오는가?

> 고개 돌려 나의 상처에 귀 기울인 동안
> 겨울이 가고 어느새 나뭇잎은 무성해지고
> 누군가는 또 병들었다
> 내 앞의, 내 안의, 또 내 뒤의 고단함에 지쳐
> 죄만 늘려 온 나는 아니다 아니다 고개만 흔들어 온 나는
> 지금 한밤중이다
>
> —「한밤중」부분

자책 뒤에 오기 마련인 의식화 혹은 결의의 상투성을 위 대목은 벗고, 오히려 '지금 한밤중'이라는 깊고 어두운, 그리고 미망의 자의식 속으로 심화되지 않는가. 그래서 이 시는 '노동시'의 전력을 지닌 노동자 시인이 노동자시로 갈 수 있는, 아니 좋은 보편적인 시로 갈 수 있는, '드물게 어울리는' 시인 것이다.

곧바로 이어지는 시「사람 숲에서 길을 잃다」를 보자.

너무 깊이 들어와 버린 걸까
갈수록 숲은 어둡고
나무와 나무 사이 너무 멀다
동그랗고 야트막한 언덕배기
천지 사방 후려치는 바람에
뼛속까지 마르는 은빛 억새로
함께 흔들려 본 지 오래
막막한 허공 아래
오는 비 다 맞으며 젖어 본 지 참 오래

깊이 들어와서가 아니다
내 아직 어두운 숲길에서 헤매는 것은
헤매다 길을 잃기도 하는 것은
아직 더 깊이 들어가지 못한 탓이다
깊은 골짝 지나 산등성이 높은 그곳에
키 낮은 꽃들 기대고 포개지며 엎드려 있으리
더 깊이 들어가야 하리
깊은 골짝 지나 솟구치는 산등성이
그 부드러운 잔등을 만날 때까지
높은 데 있어 낮은, 능선의

그 환하디환한 잔꽃들 만날 때까지

　　　　　　　　　—「사람 숲에서 길을 잃다」 전문

　전반부는 무척 서정적이다. 그리고 '걸까' '어둡고' '멀
다' '언덕배기' '바람에' '억새로' 등으로 이어지다가 '오
래' '아래' '오래'로 흐름이 변화되는 것이 조용하지만 거
침없다. 하지만 후반부의 반성 혹은 의식화는 느닷없고,
그러므로 '한밤중'이 아니며, 그 의식화의 전망은 '깊은
골짝 산등성이 높은' 곳 '키 낮은 꽃들', '잔등'이 가까스
로 인간의 체온을 유지할 뿐, '자연의 비유'로 전락하는
것이다. 어째서 이런 일이 벌어졌을까? '인간'(노동자시
를 최고의 시로 재명명케 하는 관건!)은 어디로 갔을까?
2부에 「남아 있는 자」라는 시가 있다.

　　　열다섯 살부터 미싱을 밟아
　　　미싱에 앉았다 하면 손에 날개가 달리던 여자는
　　　샘플만 보면 한나절도 안 되어 완성품을 내놓던 여
　자는
　　　(중략)
　　　미싱판에 배가 닿도록 미싱을 밟다
　　　그 길로 아이를 낳은 여자는
　　　(중략)

엄마가 된 여자는 솜뭉치 속에서 자고 있는

또 한 아이의 엄마가 된 여자는

평생 딸딸이만 밟으라는 욕만 들으면

머리끄덩이를 놓지 않던 그 여자는

아직도 그 자리에

—「남아 있는 자」부분

　리듬은 「한밤중」을 연상시킨다(사실 「한밤중」의 리
듬은, 양적으로 말하자면, 시집 전체를 관류하는 리듬이
다). 그러나 리듬의 역동성과 반전의 묘미의 긴장이 풀어
진 상태다. '그 여자'가 평생 미싱만 밟는다고 해서 시의
리듬이 '아직도 그 자리에' 있어야 하는 것은 아니다. 리
듬이 스토리를 평면적으로 재현할 경우 전형의 전형성
은 상투성으로 전락한다. 스토리가 생애를 집약한다면
리듬은 역사의 진보를 음악화하는 까닭이다. 혹은, 그렇
게 되지 못함의 역동성이 현재의 상태를 전형화하면서
그것을 통해 전망(부재)의 예감을 시 미학적으로 역동
화할 수 있다. 위 시의 평면성의 시 사상적 원인은 어디
에 있는가. 왜 시인은 사람 숲에서 길을 잃었을까? 4부에
는 「월미도에서」라는 시가 있다.

　새벽녘 월미도

바다는 어머니 황색 저고리

눈발 사이 언뜻언뜻 남빛 치마폭 휘날리고

어느새 불빛 가득한 목포항구

박하사탕 문 아이 오도마니 서 있네

(중략)

서해 끝에서 서해 끝으로

떠도는 몸 철야 끝 달려온 월미도

오래전 어머니 긴긴 철야에 밥줄 매단

육 남매 시퍼런 목숨처럼 파도 밀려오네

끼룩대는 배고픈 갈매기 소리 사이

밤새 윙윙대던 기계 소리 사라지지 않네

―「월미도에서」 부분

즉, 리듬의 바탕이 되는 것은 추억이며, 그 모든 것의
고향으로서 어머니다. 추억이 도력으로 될 때 노동자는
제각각 혼자, 그것도 가장 연약한 혼자다. 물리적으로뿐
아니라, 문학적으로도, 인간관계의 미래 이상향으로서
더불어 사는 인간들의 노동현장이, 그에 대비되어 더욱
비참한 현재의 노동지옥도와 겹칠 때 그 겹침이 간극으
로써 더욱 긴장 팽팽하고 아픈 상처의 미학을 잉태해 갈
때 비로소 노동자는 혼자가 아니며 각각이 남들보다 우
월한 개인이다. 김해자에게 미래지향이 없었던 것은 아

니다. 가령 같은 4부에 실린 「어머니의 밥상」 중 중간 산문시 대목이 괴이한 것은, 추억 지향과 전망 지향이 매우 왜곡된 형태로 중첩된 결과일 것이다.

> 다음 생엔 꼭 내 속으로 들어와 열 달 배 속 품어 고이 고이 길러 내 배 앓아 엄마를 낳아 줄게 배탈 나면 차조 메조 눈 많은 곡기 끓여 기저귀에 꾹 짜서 한 입 한 입 먹여 줄게 한참 자랄 땐 새벽시장 콩물 받아다 노란 주전자 가득 머리맡에 놓아 줄게 입맛 없을 적엔 산낙지 사다 식초 설탕 간장 넣어 연포탕도 해 주고 석화 넣어 훌훌 넘어가는 매생잇국도 끓여 줄게 한평생 서서 밥상 고이 차려 줄게 늘 앉아서 밥상만 받은 몸이
>
> ─「어머니의 밥상」 부분

'좋은 시'와 별도로 '노동자시'가 아직도 존재해야 한다면 4부에 실린 「은행꽃을 본 적은 없어도」는 한 전범이 될 듯하다. 증오의 (농촌적)사회 서정화라는 맥락에서.

> 고것이 푸르딩딩허니
> 버들강아지맨치롬 생겼다고 허는디
> 잎사구 뒤에 숨어서 당최 뵈지도 않구

고걸 보믄 저승길이 가찹다 해서

쳐다보지도 않았다던 엄니 말마따나

은행꽃은 소 잡고 마무리할 때 쓰는 아주 작은 칼이

라는디

백정이 품속에 꼭꼭 숨겼다 숨넘어갈 때야

도끼 앞에 정수리를 댄 소마냥 말도 못 하고 꺼이꺼

이,

고개만 주억거리다 건네준다는디 아비의 아비가

그 아비의 아비가 차마 물려주기 싫어

떨구어낸 퍼런 눈물 벼려져 녹도 슬지 않는다는디

백정의 가슴속에서 저 혼자 서슬 푸르다는디

어쩌다 꽁꽁 싸 놓은 매듭이 풀려

서늘하게 만져지는 내 가슴에 은행꽃 하나

　　　　　—「은행꽃을 본 적은 없어도」 전문

그러나, 별도의 '노동자시'는 원래 필요하지 않았고, 필요하지 않다. 노동자 시인에게 아직도 역사에 복무해야 할 대목이 있다면 그것은 진정한 노동자시야말로 인류 보편을 응축, 미래전망화한 최상급의 시라는 것을 미학적으로 증명하는 일일 터. 김해자의 시로 말하자면 4부에 실린 「아스팔트의 이리」 속 그 이리를 노동자의 아름다움의 전망으로 전화시켜내는 일일 것이다.

울부짖던 그림자 흐느낌으로 바뀌도록

여자 속의 이리는 철창에서 나올 줄 모르고

이리 밖의 여자는 달빛에 흥건히 젖어도

철창에 부딪히는 소리는 멈출 줄 모르고

여자 속의 이리와 교신해 버린 내 안의 짐승은

철창 속을 어슬렁거리고⋯⋯

　　　　　　　　　—「아스팔트의 이리」부분

　김해자의 첫 시집을 읽으면 우리는 '노동자시' 혹은
'노동시'라고 이름 붙여졌던 맥락의 장점과 한계를 조감
도로 동시에, 중첩적으로 조명하다가, 다시 「한밤중」으
로 돌아오게 된다. 그녀가 한밤중 자체를 시 미학의 뼈
대로 삼아, 노동자시는 최고의 시를 뜻하며, 최고의 시는
노동자시라는 명제를 완성해 주기를 바라는 마음 그래
서 더욱 간절하다. 그녀는 정말, '노동자시'의 대모이기도
한 것이다.

멸종과 회생 사이, 자연의 가족

이미옥(stranger)

같은 날 같은 종류의 오늘은 없다. 시대의 풍화와 변절과 왜곡 속에서 시집은 변함없이 내 앞에 왔다. 내겐 두 개의 어두운 터널이 있다. 공교롭게도 시집 『무화과는 없다』 출간을 기점으로 이전과 이후로 터널이 나뉜다. 거리마다 최루가스와 '군부독재 타도'의 함성이 가득했던 80년대 초반, 나는 일찌감치 제도교육을 포기하고 철의 장벽이란 악명을 쓴 봉제공장에 입사했다. 목표는 노동자 권리의 상징인 조합이었지만 조합을 만들기 위한 과정은 낯설고 기계적으로 느껴졌다. 인간의 존엄을 훼손하는 회사와 제도권의 탄압도 고통이었지만 뼛속까지 노동자가 될 수 없는 이중성도 괴로웠다. 그때 사람들 너머 영롱하게 비추던 사람이 있었다. 인간 김해자였다. 그는 해고자들과 미싱방을 운영하며 생활용품을 만들어 시장에 내다 팔며 끼니를 잇고 있었다. 신비로운 충격이었다.

김해자와 그의 동료들을 만날 때마다 내 껍데기는 허물을 벗었다. 주변인을 밀어내지 않고 환대하는 그들의 타자성에 스며들었다는 게 맞겠다. 개인적으로 만나면 김해자는 매번 울었다. 술과 노래와 숱한 밤을 함께했다. 그러던 중 1993년과 1998년 연속 두 명의 동지를 잃었다. 사인은 가스폭발과 과로사. 살아갈 이유를 잃었다. 그 후로 김해자의 눈물을 볼 수 없었다. 눈물은 존재 이유가 있을 때 흐른다는 것을 비로소 깨달았다. 그리고 2001년, 『무화과는 없다』가 찾아왔을 때 알았다. 그 눈물의 정체가 내면에 가득한 인간적 고뇌였음을. 그 후로 나는 17년 동안 세상에 등을 돌렸다. 그저 강물처럼 떠돌다 그의 네 번째 시집 『해자네 점집』의 출간 기념을 위해 집담회 장소에 흘러 들어갔다. 그는 가을 곡식을 익히는 햇살처럼 다가왔다.

'나는 누구인가' 자문했다. 지상인지 지하인지 정체성을 모르는 낯선 사람, 시와는 대척점인 곳에서 인생의 반을 소비한 문외한이기에 stranger란 수사가 가장 적합한 포지션이겠다. 나는 김해자와 자연의 가족이다. 혈연은 지배 이데올로기에 가장 약한 구조이지만, 자연의 가족은 홍수가 밀물져 와도 재생의 욕망을 꿈꾸는 생명의 공동체다. 변혁과 저항과 공감을 꿈꾸는 관계다. 문학적 지식이 얄팍한 내게 '다시 시리즈'의 감상문을 쓰게 한 김해자 시인의 마음 짓기를 헤아려, 독자이자 자연의 혈통으로서 진솔하게 다가가려 한다.

*

모든 생명은 침식과 죽음으로 귀결되지만 시는 과거에서 현재를 거쳐 미래를 살아간다. 불멸이다. 시는 세상에 나오면 누군가에겐 땔감이고 장식이다. 할퀴어 부스러지고 풍화 속에 묻히기도 한다. 그래서 나쁜 시란 없다. 다만 생명의 유무만 있을 뿐이다. 엘리엇T. S. Eliot은 시가 '감정의 표현이 아니라 감정으로부터의 도피'라 했는데, 감정적이지 않게 감정을 표현함과 동시에 드러내지 않으면서 감정을 환기하라는 제언이겠다. 그래서인지 요즘 시들의 경향을 보면 기교에는 능숙한데 시 정신은 느껴지지 않는다. 외향은 현란하고 정신은 박약한 풍경도 자주 목격한다. 이는 언어의 장난을 부추기는 세태와 보이지 않는 경쟁에서 이익을 추구하는 구조적인 문제도 있겠다. 그럼에도 『무화과는 없다』처럼 작품 외피에 색을 붙이지 않아도 사람을 울리는 시집도 있다.

1
무거운 옷 벗으려 새벽 강에 나갔더니
이미 물옷을 벗어던진 강이 알몸으로 누워
끓이지 않는 물로 오래 젖어 온 맨몸뚱이
희뿌연 별빛에 말리고 있었다

물이 없이도 나일 수 있을까, 궁시렁거리며

한번 가면 그만인 물 쯤이야 다 흘려 버려, 호기도 부

리면서

2

바람 한 줄금에도 깔깔대는 그녀의

치맛단을 헤치고 더듬어 더듬어

밑 모를 물이랑 때로 허우적거리다

허방을 짚기도 하던 날 지나

그녀가 숨 쉬던 칠흑빛 땅을 디뎌 보았나요

흐를 수 있는 건 저 흘러갈 데로 다 흐르게 한 뒤

더 이상 갈 수 없는 아주 작은 것끼리

부드럽게 반죽한 밑바닥에서

당신의 젖은 영혼도 한 올씩 펼쳐

그녀의 젖은 몸 덮어 주며

바닥이 없이도 나일 수 있을까, 중얼대기도 하며

다시 밀려올 물도 잊고 누웠던 어느 한나절 있었나요

흐르게 한다는 것, 얼마나 무거웠으면

그리 단단하게 버텨야 했을까

여자, 강바닥 같은

　　　　　　　　　　　—「여자, 강바닥 같은」 전문

위 시는《내일을 여는 작가》(1998년) 등단작이자, 시집의 전반적 어조를 대표하는 시로 여겨진다. 모든 시는 자기 성찰이라는 점에서 화자인 동시에 청자일 수밖에 없다. 특히나 이 시는 시적 거리를 위해 3인칭 '그녀'가 등장하지만, 전반적인 흐름은 세상 모든 여자의 절망을 대변하는 동시에 고발하고 있다. 강바닥과 물아일체物我一體 된 자리에서 화자의 내면적 갈등을 섬세하게 비춘다. 화자인 여성의 질곡이 강바닥처럼 절망스럽지만 묘한 자연의 공동체를 만들어냄으로써 생의 궁극적 생기를 창조한다. 밟히고 할퀴고 누구 하나 손 내미는 이 없는 강바닥은 홀로 "궁시렁거리다" "허우적대다" "중얼거린다". 그럼에도 '끝내 버텨야 하는가'라는 의문의 포효를 하지만 그것은 절망이 아니다. 흐르는 것이 강이라면 "흐르게" 하는 것은 강바닥이므로. "흘러갈 데로 흐르게 한 뒤" 아주 작은 것끼리 밑바닥을 반죽하면서 다시 밀려올 물을 기다린다. 바닥의 도저한 사유다. 이것이 굳어 버린 절망의 바닥에서 찾아낸 자연의 가족이자 변혁을 이끌어 갈 생태적 공동체에 대한 20년 전, 김해자의 혜안이고 시 정신이다.

＊＊

'좋은'이란 형용사는 생활 전역에 잠식해 들어와 있다. 좋은 차, 좋은 아파트, 좋은 지역, 좋은 대학… 도처에 좋은 것투성인데 삶이 각박한 이유는 그 '좋은' 속에 비정상적인 것들이 자라고 있어서다. 경쟁 속에는 반드시 불평등이 존재하기에. 좋고 나쁨과 위아래와 흑백, 보수 진보와 남녀 등, 모든 일상이 비교 대상인 이분법의 감옥에서 스스로와 타자를 착취하며 좋은 것을 이루려 하니 어불성설이다. 약자는 영원한 패자이고, 승자도 행복하지 못한 경쟁 사회의 비극이다. '좋은'이란 어쩌면 굴종을 형용하는 나쁜 언어일 수도 있겠다. 그런 의미에서 김해자 시는 좋은 시라기보다 생명의 시이자 삶을 고찰하는 시에 가깝다. 인간과 자연의 공존을 꿈꾸며 불의와 타협하지 않은 김해자가 20년 풍화를 견디고 다시 우리 앞에 서 있다. 시적 화자는 시인 자신을 직접 표출하기도 하고, 시를 효과적으로 전달하기 위해 시인의 또 다른 페르소나가 역할을 하지만, 아래 인용한 시들에서 나타나는 공통점이 있다. 타자에 대한 연민과 고뇌에 기반한 성찰이자 자기 고백이 그것이다.

「밤비」라는 시에는 '없는 것투성이'인 화자가 등장한다. '그림자'와 '내'가 없고, "내 아픔은 소리"조차 없다. 없는데 타오르다니 형용모순이다. 그럼에도 이 시의 핵심 장치는 '잉걸불'이라는 생의 의지에 대한 환유다. 밤비라는 어둠과 축축함은 '잉걸불'을 치솟게 하는 기름이다. "되돌아갈 수 없는 길"과 "차마 갈 수 없는 길"을 사이에 두고 운명의 장작불은 끊임없이 타오른다. 갈등과 번뇌는 꿈꾸는 자를 좋아한다. 그러므로 젊음의 상징이기도 하다. '없음'은 「모래알에게」에서 능동형으로 바뀐다. "작아지고 또 작아지는 네 앞에서/나도 점점 사라지고 싶어"진다. "부드러워질 수 있다면 작아져/우리 다시 하나 될 수 있다면". 큰 바위로 태어났을 모래가 파도에 밀리고 뒤척이다 마지막 경계에 누워 작아지며 사라지는 현상을 이미지화했다. "있기나 했던가/한 덩어리 큰 바위 시절", 이 시구는 부정을 내포한 긍정이다. 우리는 밀리고 사라지고 있다. 모래알처럼. 경쟁이 양산한 능력주의에 숨어 있는 포악한 야만이 모든 것을 삼키고 있다. 차라리 더 작아지고 부드러워져 다시 하나 되길 바라는 수밖에 없다.

「한밤중」은 자신의 상처를 되돌아보는 것조차 죄의식을 갖게 하는 각박한 삶의 자리에 시인이 놓여 있음을 보여 준다. "고개 돌려 나의 상처에 귀 기울인 동안/겨울이 가고 어느새 나뭇잎은 무성해지고/누군가는 또 병들었다/내 앞의, 내 안의, 또 내 뒤의 고단함에 지쳐/죄만 늘려" 왔다는 자의식은 자신에게 겨누는 검열이자 엄격한 담금질이다. "울면서 시 한 줄 쓰지 못한" 나는 "누군가를 위해 울지 못한" 나와 동격이다. 즉 시는 누군가를 위해 우는 것인데, 누군가를 위해 울지 못할 만큼 삶이 강퍅하다. 그래서 "나의 누추를 운다". '한밤중'이란 노동과 문학과 시대적 과제 사이에서 갈등하고 고뇌하는 자체가 상처이자 고통이라는 슬픈 양심선언이다. '시대의 혹'을 매단 채, "아니다 아니다 고개만 흔들어 온 나는" 이미 길을 잃었다는 고백인지도.

> 내 아직 어두운 숲길에서 헤매는 것은
> 헤매다 길을 잃기도 하는 것은
> 아직 더 깊이 들어가지 못한 탓이다
> 깊은 골짝 지나 산등성이 높은 그곳에
> 키 낮은 꽃들 기대고 포개지며 엎드려 있으리
> 더 깊이 들어가야 하리
> 깊은 골짝 지나 솟구치는 산등성이
> 그 부드러운 잔등을 만날 때까지
>   ―「사람 숲에서 길을 잃다」 부분

본격적으로 길을 잃었다. 내비게이션도 작동하지 않는 거대한 '사람 숲에서', "너무 깊이 들어와 버"려 옴짝달싹 못 하는 상태에서 자각이 열린다. "뼛속까지 마르는 은빛 억새로/함께 흔들려 본 지 오래"됐으며, "오는 비 다 맞으며 젖어 본 지 참 오래"라는 각성이 들린다. 결국은 사람들이 모인 숲에서 진정 함께가 없었음을 인정하고, 자아와 세계의 심리적 거리가 증폭되지만, "더 깊이 들어가지 못한 탓"이니 "더 깊이 들어가"고자 한다. 천지 사방이 자신을 흔들고 바람에 흩날려도 반드시 잔꽃들 만날 때까지 더욱더 깊이 들어가겠다는 구도의 자세다. "얼마나 천천히 흘러 종유석이 되었을까" "얼마나 오랜 시간 녹아내려 돌꽃을 피웠을까" 자문하는 「시간의 꽃」은 순간순간이 어둠의 고백이다. 햇빛 한 점 없는 깊고 어두운 동굴에 핀 돌꽃은 전 존재와 전 시간과 세계와의 끊임없는 연대이자 협조이자 인연의 결과다. 그래서 동굴은 지장보살과 십일면보살을 환생시키는 비밀 창고이자, 새로운 자아가 생성되는 자리다. 성찰은 타자화된 의식을 자신으로부터 대상화해 깊은 시선으로 다시 바라봄으로써 생긴다. 하찮은 인간의 시간을 넘어선 종유석을 보면서 하나의 존재가 피어나기 위해 수천, 수만 년이 걸린다는 것은 개체의 고뇌를 넘어서는 분기점이 바로 '하나 됨'이라는 깨달음이다. 기꺼이 "흘러내리고" 기꺼이 "녹아내리고 싶어"지는 감성의 출현은 그래서 가능했는지도 모른다. 우리 모두의 피안에서 피어나는 한 무더기 거룩한 돌꽃을 창조하기 위해.

* * *

　유토피아는 이 세상 너머 어떤 미래나 인간이 생각할
수 있는 가장 완벽한 이상을 상상한다. 발터 벤야민은
유토피아를 '미래의 이상적인 상태가 아닌, 위기의 순간
에 과거의 기억이 강렬하게 번쩍이는 것'이라고 했다. 유
토피아가 과거 기억 속에 있다는 이 철학자의 말이 사실
이라면 우리는 유토피아를 충만하게 경험한 세대다. 광
화문은 민주주의를 실현한 고품격 저항의 광장이었기
때문이다. 정의와 환대와 국민의 새로운 기품을 발견한
연대의 공동체이자, 위기의 순간에서 유토피아를 저장
해 놓은 순간이었다. 현재에서는 과거의 기억이지만, 김
해자는 「무화과는 없다」에서 미래의 유토피아를 예견
하고 있었다.

　　　장대비 속 후줄근한 시위는 끝나고
　　　누군가는 돌아오지 않고 피어나지 못한 채
　　　시들어 가는 부용산, 노래 같은 떨거지끼리
　　　미라가 되어 버린 생강이며 무화과
　　　안주 삼아 술을 마시다 문득
　　　떠오른 남녘 땅 무화과 수

어릴 적 마당가 돌담에 단단히 서 있었지
크낙한 잎을 따면 하얀 수액 방울방울 흐르고
퍼렇다 못해 어두운 그늘 깊던,
산수유며 해당화 다 피고 지도록
벌나비도 찾지 않아 늘 외로워 보이던,

꽃 없는 과실이 어디 있으리
조금 늦게 피는지 몰라 수술 그득 채우느라
꽃잎이며 꽃받침 밀어 올릴 틈이 없는지
조금 더 기다려야 하는지도 몰라
꽉 찬 살이 터지며 꽃잎을 터트릴 때까지

과육의 껍질이 꽃을 숨기고 있었던 거라구
보아, 십자로 벌어진 네 잎의 꽃을
열린 꽃잎 사이로 반짝이는 수백의 꽃술을
그러니까 기다림이 꽃잎을 틔우는 거야
천천히 보아, 진한 자홍색의 향기를
이화과裡花果의 속살을

—「무화과는 없다」전문

「무화과는 없다」의 전체 이미지는 비 오는 날 말린 생
강과 무화과 안주에 술을 마시며 지난날을 회상하는

장면이다. 쏟아지는 장대비 속에서 동료를 스러지게 한 지랄탄과 물대포 소리가 들렸겠다. "돌아오지 않고 피어 나지 못한" 수많은 열사와 동지의 영혼이 떠돌아다니기 도 했겠다. 무화과는 그들이 이루지 못한 이상을 구체적 으로 형상화한 객관적 상관물로 보인다. 2연에서는 어 릴 적 눈으로 바라본 무화과의 현상을 기억해낸다. "벌 나비도 찾지 않아 늘 외로워 보"인 것은 꽃도 없고 탐스 럽지도 못한 과실의 생김새 때문일 것이라고. 그러나 화 자는 무화과의 생태가 기다림인 줄 안다. 하여 자신과 세계를 향해 꽃 없는 열매가 어딨느냐고 가만가만 설득 하며 속을 보라고 한다. 그래서 무화과無花果가 아니라, 꽃을 안에 담은 꽃 이화과裡花果다. 뭇 생명과 민초들이 죽임 당하지 않고 평화롭게 사는 세상을 향한 광화문 의 촛불이 '자홍색 향기'와 '속살' 같은 수백의 꽃술을 기다렸을지도.

* * * *

우리는 거대한 민주혁명을 경험했다. 촛불혁명 당시 세계는 광화문에 촉각을 세웠고 한국 민주주의가 새로 운 모델임을 인정받았다. 전 인류에게 평화로운 비폭력 집회를 무료 수출한 것이다. 홍콩 시위에서는 혁명가요

〈님을 위한 행진곡〉의 가사와 율동을 완벽하게 구현했다. 명실공히 존엄하고 위대한 한국 민주주의가 엄연한데 아직도 민주주의가 도착하지 않은 느낌은 무엇일까. 김해자는 시대의 어두운 곳에서 가능성을 짐작하고 움직이는 시인이다. 깊은 해저에 사유를 밀착시키고 대지 위에 생명의 공동체를 위해 자연과 가족을 이루고 새로운 변혁 시대를 달리는 사람이다. 아래 인용된 시들은 민주혁명을 오르는 계단에서 희생된 산 제물들로 보인다.

> 쪽가위 들고 종이 오리듯 똑똑 실밥을 끊는 아이의
> 엄마가 된 여자는 솜뭉치 속에 자고 있는
> 또 한 아이의 엄마가 된 여자는
> 평생 딸딸이만 밟으라는 욕만 들으면
> 머리끄덩이를 놓지 않던 그 여자는
> 아직도 그 자리에
>
> ─「남아 있는 자」 부분

'남아 있는 자'는 청춘을 군부독재의 산업 역군으로 털리고, 나머지는 자본주의에 예속된 남편에게 몽땅 털린다. 연 구분 없이 열 번 '남아 있는 자'와 '여자는'을 대치시키면서, 행 걸침으로 삶이 굴절된 여자의 전반을 속

속들이 드러내고 있다. "손에 날개 달"린 듯 "완성품을 내놓던" "상가 분양에 속아" "사기 친 남자의 동생에게 시집간" "딸딸이 소리로 반기는" "비조를 줄줄이 매달고" "실밥을 끊는 아이" "솜뭉치 속에 자고 있는" "머리 끄덩이를 놓치 않던 그 여자"가 그다. 가부장제 남성 중심에서 이중, 삼중고에 시달리고 성차별의 고통 속에 사는 내 주변의 여자다. 남아 있는 자는 'remains', 죽은 시체이자 죽은 자들이 남긴 유산이기도 하다. 어쩌면 산 것도 죽은 것도 아닌 좀비일 수도 있다. 우리는 그들의 죽음을 딛고 오늘에 이르렀으나, 남아 있는 자들의 고통은 현재진행형이다. 열사가 되어 마석 민주 묘역에 누워 있는 친구의 모습을 그린 「솔잎은 봄에도 지더라」도 그 연장선이다. 김해자는 "떼어내려 할수록 안간힘으로 버티는 / 한번 삼키고는 다시 뱉어낼 수 없는" '시대의 혹'이라는 병을 앓는다. 그 병은 수술이나 수혈이 필요 없다. 세상과 주변의 아픔에 비례하여 저절로 "그렁그렁 맺히"니까. "가슴 저 밑동 눈물 핥아 먹으며" 툭, 고개를 내미니까(「시대의 혹」). 김해자가 청년 시절 앓았던 시대의 혹은 자유 경제시장의 고삐 풀린 괴물이기도 하겠다. "안간힘으로 버티"어서 "뱉어낼 수 없는" 시대의 혹은 '사리'이자 위대한 저항의 역사가 된다.

'오르내리다'는 동사가 시인의 심리적 운동이자 새로

운 세상을 꿈꾸는 육체적 물리적 운동이기도 하다는
것은 의미심장하다. 시「내 마음의 계단」과「하나이며
전부인」이 그것을 잘 보여 준다. 김해자는 "반평생 오르
내리다" "아래층에도 위층에도 몸 붙여 보지 못"했지만,
"아직도 오르내리고 있다". 그것은 통합되거나 회통하지
못했으므로 "낱낱으로 쓸쓸한 풍경"이다. 그러나 "어쩌
다 하나" 되기도 한다.「내 마음의 계단」은 전통적인 가
부장제의 폐단과 상처를 한 폭의 풍경처럼 담아내고 있
다. 상부 구조로서의 아버지와 하부 구조로서의 어머니
를 대조적으로 보여 줌으로써, 구조적인 모순이 내면화
된 심리와 무관하지 않음을 상기시킨다. 아버지의 세계
는 가부좌이자 낡은 시첩이자 화선지와 묵과 흑백 풍경
이요, 어머니의 세계는 복작거리고 젓갈 냄새 나는 싸구
려 밥이자 비린내 나는 풍경이다. 수천 년 건너온 구습
의 희생양인 부모와 화자와의 현실적 거리는 아득히 멀
다. 세상도 그러하다. 마음의 계단은 평생 오르내려도 합
쳐지지 않는다. 번민이자 고통이다.

내 몸에 엽록소가 생겼나, 바람 뒤척일 때마다 구멍
이 뚫려 뻐끔뻐끔 다물었다 열었다 푸른 그늘 아래 눕
는 것인데 (중략) 물관 속으로 스며들어 이 잎 저 잎 섞이
어 흐르다 뿌리 밑으로 파고드는 것인데, 오르락내리락

하다 나를 잊어버리는 것인데, 이 나무 저 나무 타고 다
니는 것인데, 이 가지와 저 가지 사이면서 이 가지이고,
이 잎과 저 잎 사이면서 정녕 한 잎의 나로 돌아오는 것
인데, 그 사이를 타고 다니며 꿈을 꾸는 것인데, (중략) 하
나이며 전부인 나로 오르내리는 것인데

　　　　　　　　　　　　　　　—「하나이며 전부인」 부분

　이 시는 한 문장으로 된 독특한 산문시다. 제목과 시
의 구성과 내용이 '하나이면서 전부'로 일관된다. 소설
기법이 엿보이면서 산문으로 된 한 문장이 지루하지 않
다. 나무 속이 놀이터처럼 신나고 활기 넘친다. 대상을
친밀하게 보면서 적절한 언어와 문장이 시적 느낌을 한
층 살린다. 나무를 보다가 줄기를 보다가 세포 속으로
물관 속으로 나를 잊어버리고 한 잎의 나로 돌아오는 하
나이며 전부인 나다. 시인의 시선과 호흡의 깊이가 명료
한 시다. '오르내리다'는 움직임은 같지만 「내 마음의 계
단」이 답답한 구조에 갇힌 고뇌를 말한다면, 「하나이며
전부인」은 유동적인 자유의 세계를 보여 준다. 최근 시
의 경향은 매우 난해한 양상을 보이는 동시에 하이브리
드 시도 종종 등장한다. 하이브리드는 시의 정형을 깨트
리는 형태다. 시 속에 소설과 수필, 희곡, 심지어 천문학
적인 언어를 사용한다 해도 어색할 이유가 없는 것이 요

즘 트렌드다. 시가 시의 울타리를 넘어 자유로운 활보를 하고 있다. 고답적이고 귀족적인 모더니즘에 대한 반발로 제3세계 국가에서 나타나는 포스트 모더니즘의 확장이겠다. 이 시를 보며, 하이브리드 시가 현재 지형에서 갑자기 튀어나온 게 아니라는 것을 새삼 발견한다. 20년 전, 김해자는 이미 롤러코스터를 타며 하이브리드를 즐기고 있었다니.

자연이 내린 코로나의 경고를 풀지 못한 채, 거대한 자본독재의 노예로 잠식되어 가는 인류 위기의 순간, 시는 왜 쓰고 읽는 것일까. 어쩌면 시는 자연의 가족에 대한 오랜 희구 아닐까. 하나의 지구처럼 나무와 나는 한 몸이 아닐까. 시를 읽는 내내 하나이며 전부인 자연의 공동체이자 생명의 공동체로 산다면 얼마나 좋을까 생각했다. 그리고 꿈꾸었다. 서로의 짙은 화장을 지우고 가난과 약함을 떠받들며 살아가기를. 멸종과 회생 사이에 간신히 살아가는 지금, 이 세계에서 저울은 어느 쪽으로 기울고 있을까. 혹시 회생으로 가는 길을 걷게 된다면, 이 세계 어디에도 없다는 '유토피아'가 섬광처럼 나타나 함께 나눠 먹고 껴안고 춤출 수 있다면 얼마나 좋을까. 그래서 죽임과 살림의 분기점에서 김해자 시집이 갱생의 길로 몸 바쳐 주기를 기원해 본다.

무화과無花果는 없다

2022년 10월 10일 1판 1쇄 펴냄

지은이 　　　김해자

펴낸이 　　　김성규

편집 　　　　김은경 김도현

디자인 　　　김동선 신아영

펴낸곳 　　　걷는사람

주소 　　　　서울 마포구 월드컵로16길 51 서교자이빌 304호

전화 　　　　02 323 2602

팩스 　　　　02 323 2603

등록 　　　　2016년 11월 18일 제25100-2016-000083호

ISBN 　979-11-92333-28-1 04810

ISBN 　979-11-89128-08-1 (세트) 04810